Royal Kiss Label

皇太子さまと蜜愛花嫁

～無垢なレディのマリアージュ～

御堂志生

a day

この物語はフィクションであり、実在の人物・
団体・事件等とは、いっさい関係ありません。

皇太子さまと蜜愛花嫁
~無垢なレディのマリアージュ~
人物紹介
サイラス
アップルトン王国の皇太子。30歳。
金髪碧眼で『悪魔のように美しい』と評判。
フランシーヌ
リュクレース王国の王女。22歳。
弟を守るためサイラスと政略結婚する。

イラスト・辰巳　仁

Contents

第一章　狙われた花嫁

今にも消えそうな薄い三日月が、馬車の行く手をぼんやりと照らしていた。フランシーヌは十二年前と同じ道をたどり、同じ海沿いの宮殿へと馬車を走らせる。

あのときと同じ、リュクレース王国、第一王女としての義務を果たすために。

違うのは、フランシーヌの着ているドレスが淡いピンク色の絹タフタから、白い綿モスリンに変わったことくらいか。十歳の少女が二十二歳の女性に成長したことは、言わずもがなのことだった。

道はお世辞にも整えられているとは言いがたく、彼女が乗る古い馬車は激しく揺れていた。普通のときであれば、とても寛《くつろ》げる環境ではない。

だがこの一年間、命の危機に怯えていたせいだろうか。ようやく決まった王家の未来に、フランシーヌは肩の荷を下ろした気分で馬車の揺れに身を任せた。

目を閉じるとドッと疲れが押し寄せて来る。

（まだよ。まだ、気を抜いてはダメ。これから、サイラス殿下に会わなくてはならないのだから……）

心の中で叱咤《しった》するが、身体が泥のように重い。

十二年前と同じ義務のためとは言え、当時とはまったく異なる立場でサイラスのもとに向かっている。昔は三台の馬車に分けて付き添ってくれた侍女《じじょ》たちが今はひとりもいない。王女の輿入《こしい》れに持たされるはずの、ドレスの一枚すらなかった。

戦う武器もなく、助けてくれる人もおらず、身を守る術《すべ》も知らない。

それでも逃げ出すわけにいかない。

フランシーヌにはまだ、守らなければならない者がいた……。

――世界の最も北にある凍りつくような島国。

――歴史あるリュクレース王国の言葉も理解しない、力で他国を捻《ね》じ伏《ふ》せようとする野蛮人《やばんじん》たちの国。

フランシーヌが十歳になった直後、そんな悪名高いアップルトン王国のサイラス皇太子との婚約が急遽《きゅうきょ》決まった。

それが第一王女の務め、父はそう言って彼女に命令した。

婚約の話が宮廷中を駆け巡る中、当のフランシーヌは銀のティアラを髪に飾ってもらいご機嫌だった。銀のティアラは王女が舞踏会にデビューするときと、婚約発表のときにつけるティアラ。本来なら、十歳の少女がつけられるものではない。

『ああ、嘆かわしいことでございます。姫様が北の島国に嫁がなくてはならないとは』

終始、無邪気な笑顔を振り撒《ま》いているフランシーヌとは違い、乳母《うば》のウラリーをはじめ、多くの侍女たちはずっと泣いていた。

『大丈夫よ。今すぐお嫁に行くわけじゃないって、お父様がおっしゃってたわ。それに、わたしが大人になるころにはこの国が世界最強国になってるから、本当にお嫁にいくことはないだろう……ですって』

フランシーヌにも不安がないわけではない。

昨日まで、アップルトン王国とは近いうちに戦争状態に入るだろう、と大人たちは話していたのだ。

それが一夜明けると、〝戦争〟が〝婚約〟に変わっていた。

幼いなりにフランシーヌはいろいろ考えたが、やっぱりわからない。わかっていることは、自分は第一王女にふさわしい行動を取らなくてはいけない、ということだけ。

国民や周囲の人々が不安にならないよう、笑顔を見せ続けるのが王女の務めだった。

『今朝ご婚約が決まって、午後には皇太子様とご対面、そして正式な婚約発表なんて……。新しいドレスをご用意することもできません』

フランシーヌが生まれたときから世話をしてきた、という思いが強いのだろう。ウラリーは永遠の別れが待っているように、おいおい泣き始める。

そんなウラリーを元気づけるように、フランシーヌは鏡の前で飛び跳ねるように、クルンと回った。

『泣かないで、ウラリー。お誕生日のパーティで着たときは、よく似合うって言ってくれたじゃない！　たった一ヶ月前のことよ』

ドレスは淡いピンク色の絹タフタ。内側に着た白いペティコートにはレースがふんだんに使われている。腰の少し高い位置で結ぶ濃いピンク色のリボンがとても愛らしい。

だが、このドレスが本当はあまり似合っていないことくらい、フランシーヌにもわかっていた。地味な栗色《ブルネット》の髪と黒い瞳、やせっぽちの身体に可愛らしいドレスは似合わない。

それでも、フランシーヌが泣いたらおしまいだ。彼女は頑張って笑い続けた。

首都、カルノー市から六時間も馬車に揺られ、婚約発表が行われるエリュアール宮殿に到着したときはすでに夜。

正式な文書に婚約の調印がされたあと、両国の代表が集まって夜会が催《もよお》された。いつもならベッドに入っている時間に、フランシーヌは主役として引っ張り出されたのだ。

そのとき、彼女は初めて自分の婚約者となった男性と対面した。

アップルトン王国の第一王子で、つい先日、正式に皇太子となったサイラス・ベネティクト・アヴァロン。フランシーヌより八歳も年上の十八歳で『悪魔のように美しい』と評判の王子だった。

夏の空を見上げたときみたい――彼の姿を見た瞬間、少女の胸にそんな感想が浮かぶ。金色の髪が眩《まぶ》しい太陽を、青い瞳が透き通る空を想像させた。華やかで気品があって、とても噂《うわさ》に聞く『悪魔』には見えない。

フランシーヌは何も言えず、ぼうっと彼の顔をみつめるだけになる。

すると、陶器の艶《つや》めきを思わせる繊細な頬のラインがゆっくりと動いた。

これほど美しい姿形をしているのだから、その声音もうっとりするほど素晴らしいものだろう。きっと初対面にふさわしい言葉をいただけるはず……。

そう考え、フランシーヌは極上の微笑みを返そうとする。

『なんだ、この地味なスパローは？　俺はこんな、発育不良の小娘と婚約しなきゃならんのか？　だから、皇太子なんてやりたくないって言ったんだ――クソッ！』

物心ついたときから、アップルトン語の勉強はしている。そんなフランシーヌには、彼の言葉がいかに汚く、そして彼女を馬鹿にしたものかすぐにわかった。

（スパローって……雀《モワノー》のことよ。わたしのこと、地味な雀って言ったんだわ）

顔を真っ赤にして睨《にら》み返していると、サイラスはそんなフランシーヌに気づいた。

『へえ、さすが王女様だ。ちっこくても俺の言葉がわかるらしい。賢いんだな』

一瞬褒《ほ》められたのかと思ったが、次の言葉にふたたび叩き落とされる。

『だがな……頭の中身は空っぽなほうがいいんだよ、王女様。余計な勉強はしなくていい。正式な結婚の日取りが決まるまでには、女の身体に成長しておいてくれ』

フランシーヌは頑張って笑おうとした。

笑って『はい、殿下』と答えるのが王女の務め……だが、次の瞬間、フランシーヌは声を上げて大泣きしたのだ。

侍女たちはこぞってサイラスの非礼を責めた。それに対抗するように、サイラスの側近たちは、フランシーヌにはアップルトンの王妃になる資質がないと言い始め……。

フランシーヌはそのまま夜会の席から退出するよう命じられ、そして、婚約者とは二度と会えないまま十二年の月日が過ぎたのだった。


「……さ……ま、フランシーヌ様……」

名前を呼ばれ、彼女はハッとして目を開けた。

気を抜いてはダメだと思いつつ、うつらうつらしていたようだ。

「フランシーヌ様、大丈夫でございますか？」

黒髪の男性がひとり、馬車の窓越しに心配そうな顔で覗《のぞ》き込んでいる。彼は王宮の侍従武官《じじゅう》、われた。


コンスタン・マリエット准将《じゅんしょう》だった。

今回の輿入れで、フランシーヌに与えられたのは馬車が一台と御者《ぎょしゃ》だけ。首都からエリュアール宮殿まで、護衛も伴《ともな》わず、ひとりの侍女も連れて来てはいけないと言われた。

到着しだい、すべてアップルトン王国側で用意する、と。

エリュアール宮殿の付近一帯はアップルトン自治区と呼ばれ、リュクレースの中にある異国のような扱いだ。アップルトンの要人にとっては比較的安全な場所だが、だからこそ、フランシーヌの護衛と称してサイラスの命を狙う者が紛《まぎ》れ込む可能性は低くない。

現在の力関係から言って、どんな指示もフランシーヌに拒否する権利はなかった。

そんな中、コンスタンは政府の命令を無視して単独でついてきたのだ。

このことがサイラス側に知れたら、コンスタンは無事では済まないだろう。あるいはそれを理由にして、婚約を破棄《はき》されるかもしれない。そうなればフランシーヌだけではなく、次期リュクレース国王となることが決まった弟、アレクサンドルの身も危うくなる。

フランシーヌはコンスタンについてこないよう幾度となく命じた。

だが、『ご迷惑はおかけしません。人に聞かれたら、王女に付き纏《まと》う狼藉者《ろうぜきもの》とご説明ください』などと言って引き下がろうとしない。

「馬車を止めたほうがよろしいのでは？」

月明かりも乏《とぼ》しい森の中を走っているため、馬車はたいした速さではない。だが、その中を馬車と並走して馬を操るのだから、コンスタンは素晴らしい乗馬の腕前をしている。剣の腕もたしかで、簡単に死なせていい男ではなかった。

「いいえ、わたくしは大丈夫です。コンスタン、この森を抜ければアップルトン自治区に入ります。あなたはすぐに引き返しなさい」

人に見られる前に、彼を説得して王宮に帰さなければならない、そう思った。

もっと言葉を続けようと窓に近づいたとき、フランシーヌのかぶったカシミアのショールが馬車の床に落ちる。同時に、長い栗色の髪がほどけ、肩を覆《おお》った。

幼いころに比べて、代わり映えのしない茶色の髪だ。妹ふたりは母譲りの美しい金髪なのに、そう思うと切なくなってしまう。

しかも、貴婦人であれば髪をきちんと結《ゆ》い上げていて当然なのに、今の彼女には女中のひとりもいなかった。自分で軽く留めただけなので、簡単にほどけてしまったようだ。

(老婆の着るような茶色のコート・ドレス《ルダンゴト》を羽織って、髪を振り乱していたら……どう見ても、汚い雀ね)

十二年前のことを思い出し、フランシーヌの顔には自嘲めいた笑みが浮かんだ。

コート・ドレスの下には白いドレスを着ているが、秋から冬になろうというこの時期、薄い綿モスリン一枚では寒すぎる。

フランシーヌは髪を押さえながら、窓に顔を寄せた。もう一度コンスタンに引き返すよう言おうとした直後、馬車がガタガタと大きく揺れた。

「きゃっ！」

馬車の壁にしがみつくように身体を支える。

激しい揺れはしばらく続き、外からは馬の嘶《いなな》きや奇妙な息遣い、馬を止めようとする声も聞こえた。

「コンスタン⁉　そこにいるのですか？　何が起きているのです、コンスタン。返事をしてください‼」

必死で叫んだ直後、馬車は急停止した。

もはや声も出ない。フランシーヌは心の中で神に祈った。

そのとき、コンスタンの切羽詰まった声が聞こえた。

「フランシーヌ様、すぐに馬車からお降りください！　急いで‼」

彼の声と同時に、血の匂いを感じ、フランシーヌは膝が震える。

だが、ここで動かなくては生き残ることはできない。多くの血が流されたとき、それらの命と引き換えに、彼女が学んだことだった。

フランシーヌは手早く身なりを整えて、自ら馬車の扉を開けた。ドレスの裾《すそ》を纏めて持ち上げ、急いで馬車から降りる。

地面に足がついた瞬間、フランシーヌはバランスを崩《くず》して転びそうになった。

彼女の靴は宮廷用のものだ。子ヤギ革で作られた、生地が薄く繊細でヒールもついていない。まさかこんなところで、しかも地面の上に降りることになるとは思わない。それに、新しい靴を用意してくれる人間もいなかった。

上から羽織っているコート・ドレスも、王宮の衣装箱から見つけ出した、五年前に亡くなった王太后――祖母の遺品だった。

フランシーヌはすぐにコンスタンの姿を探した。

「どうしたのです、コンスタン？　馬車を止めたのは……」

そこまで口にしたとき、フランシーヌの目に御者台が映った。

彼女は息を呑む。御者は座ったままガックリとうなだれていた。胸に矢が突き刺さっていて、地面にポタポタと何かが垂れている。

そのとき、馬車の影から現れたコンスタンに、手首を摑まれた。

「コ、コンスタン⁉」

「私が気づいたときには、御者はもう……。とっさに馬車を止めました。どうか、お許しください」

コンスタンの手には抜き身の剣が握られており、腕や頬にも傷が見える。

彼は馬車を止めるため、自分の馬からこちらに飛び移ったらしい。彼の馬は騎手《きしゅ》を失った上に、ただならぬ気配を感じたのか、遥か遠くにまで駆けていってしまっている。

「フランシーヌ様、森から敵がやってきます。十人……いや、二十人はいるようだ。私ひとりでは勝負にならない」

たった今、抜けたばかりの森から、わらわらと走ってくる黒い人影が見えた。

(待ち伏せ、されていたの？　それは、サイラス殿下にはわたしと結婚する意思はない、と言うこと？)

やっと平安を取り戻せると思ったのに、すべてが幻と消えてしまうのだろうか？

フランシーヌは襲いかかる試練の多さに、生きることを諦めてしまいそうになる。

「とりあえず、この場は逃げ延びることが重要です。さあ！」

コンスタンはたった今まで馬車を曳《ひ》いていた馬に跨《またが》っていた。

彼女が呆然としている間に、馬と車体を繋いだ麻縄を切り離していたようだ。そして、フランシーヌに向かって手を伸ばしている。

「どこに、逃げると言うのです？　もう、わたくしに逃げる場所など……」

心が絶望に向かって針を振りそうになったとき、コンスタンが力強く叫んだ。

「生きていれば弁明できます。殺されてしまったら、〝死人に口なし〟ではありませんか？　そうなったとき、誰がアレクサンドル様をお守りするのです!?」

アレクサンドルの名前を聞き、フランシーヌの心は力を取り戻す。

死ぬわけにはいかない。アレクサンドルはまだ十歳。母に捨てられ、父に死なれ、この上、長姉フランシーヌまでが諦めてしまっては、誰が弟を守ると言うのだ。

「――わかりました」

彼女は決意を固め、コンスタンの手を取った。

☆　☆　☆

馬でどれくらい走っただろう。

首都の方向に戻らなかったことはたしかだ。小さな町に着いたとき、そよぐ風に潮の香りがした。アップルトン自治区からは出たようだが、それほど離れていないのかもしれない。

「自治区からは外れたようですね。看板の文字がリュクレース語だけだ」

コンスタンも同じことを考えていたのだろう。宿屋の看板に書かれた文字をじっとみつめている。そして彼は、今夜はその宿屋に泊まろうと言い始めた。

しかし、銅貨の一枚も持たないフランシーヌには、それでいい、と答えることもできない。

「ご心配には及びません。私にお任せください」

戸惑うフランシーヌの表情ですべてを悟ったのだろう。コンスタンはそう言いながら、宿屋の中に入り、主人と話しをつけて戻ってきたのだった。

階段を上がった二階の一室――。

扉を開けると、木製の丸テーブルにスツールがふたつ、壁際には年代物のキャビネットが置かれ、部屋の中央辺りにベッドが一台。家具と言えるものはそれだけだ。ベッドの横に小さなマットが敷かれているだけで絨毯《じゅうたん》もない。剥き出しの床板が寒々しく、しだいに惨《みじ》めになってくる。

コンスタンは、「これがこの宿屋で一番上等な部屋なのです」と申し訳なさそうに言う。

そんな彼に、フランシーヌは静かに微笑み返した。

「気にすることはありません。今のわたくしには過分なことです」

ほんの一年前まで、朝起きて夜着から部屋着に着替えることすら、ひとりではできなかった。髪を梳《す》くことも、顔を洗うための水を汲《く》むことすらできなかったのだ。それは王女として当然のことだったが、今の彼女はそのすべてをひとりでこなせる。

(心が萎《しお》れて、折れてしまいそう……。でも、王女としての自尊心と誇りだけは、失ってはいけないわ)

不安で押し潰されそうな胸を、懸命に奮い立たせる。

だが、そんな彼女に向かってコンスタンは驚くことを口にした。

「不審者として通報されないよう、失礼ながら、夫婦を名乗らせていただきました。どうか、お許しください」

「夫婦なんて、そんな……。もし、サイラス殿下のお耳に入りでもしたら、あなたの命はありませんよ!?」

フランシーヌは本気でコンスタンの身を案じる。

しかし当のコンスタンは自分自身の危機には無頓着《むとんちゃく》なのか、あっさりと受け流した。

「この命など、いつでも捧げます。それよりも、同盟賛成派の筆頭、ボードリエ宰相《さいしょう》閣下に一刻も早く連絡を取らなくてはなりませんが……」

「何か問題があるのですか？」

「――いえ、なんでもありません」

とてもなんでもなさそうには思えない。だが、フランシーヌが黙っていると、コンスタンのほうから話題を変えた。

「さあ、フランシーヌ様は早くお休みになってください。私はひと晩中、扉の外に立っておりますので」

当然のように言われ、フランシーヌは申し訳なさに居た堪れなくなる。

御者が殺されたとき、彼がいなければ馬車は暴走して川に落ちるか、木立にでも激突していたはずだ。すぐさま飛び移って馬を操り、彼女を逃がしてくれたのもコンスタン。ここに宿を取れたのも彼のおかげだった。

「待ってください。わたくしは守られていただけで、何もしていません。ベッドはあなたが使いなさい」

「私はリュクレースを治めるヴィルパン王家に仕える兵士。主君の王女を差し置き、ベッドを使うなど論外です」

　コンスタンの言葉にフランシーヌは思わず笑いが込み上げた。

「そのヴィルパン王家も今となっては風前の灯……わたくしに残されたものは王女の呼び名だけです」

「フランシーヌ様、そのようなことは」

「もし、あなたがまだヴィルパン王家に仕えてくれると言うなら、どうか、アレクのために尽力してやってください。わたくしは……夜が明けたら、エリュアール宮殿に向かいます」

　命を狙われ、とっさに逃げ出した。だが、このまま逃げ続けることはできない。

　コンスタンもそれがわかっているはずだ。彼が言いよどんだ理由も、ボードリエ宰相に連絡を取ったところで助けてもらえるとは思えない、と言おうとして言えなかったせいだろう。


　ちょうど一年前、リュクレース王国の首都カルノー市で革命が起こった。

首都を防衛するはずの下級兵士たちと市民が中心となり、革命軍を名乗って王宮に攻め込んできたのだ。

ヴィルパン王家は二百年に亘ってリュクレース王国を支配してきた。王侯貴族は庶民たちから、実に様々なものを搾取《さくしゅ》し続けてきたのだ。それが限界を超え、川が氾濫《はんらん》するように多くの悪意が王侯貴族――とくにヴィルパン王家へと襲いかかった。

フランシーヌの父、マクシミリオン国王は独裁的な人間だった。家臣の苦言には耳を貸さず、家族を道具のように扱い続ける。母のエレオノーラ王妃は立て続けに三人の王女を産んだことで夫から虐《しいた》げられ、後継ぎの王子を産むなり、実家のあるバルツァー帝国に帰ってしまった。

それ以来、十年間一度も母とは会っていない。

フランシーヌを最大の敵アップルトン王国の皇太子と婚約させたのも、南からデ・アンダ王国が攻めてきたせいだ。その後、第二王女ルイーズと第三王女クローデットも、それぞれ近隣国の王室へと父の都合で嫁がせた。

父が夢中になったことは、領土を広げることと、評判の美しい女性を手に入れること。何人もの美しい女性を愛人《メートレッス》にして首都近郊の宮殿に囲い、高級娼婦《クルティザンヌ》を宮廷にはべらせた。

戦争も女性も非常にお金のかかることだ。貧困に喘《あえ》ぐ庶民たちに憎まれても文句は言えない。

しかも最後の最後に、父はフランシーヌとアレクサンドルを囮《おとり》に使い、お気に入りの高級娼婦を伴い王宮を逃げ出すという愚行を犯した。

そしてそれが、不幸にも彼の命を縮めてしまう。

カルノー市を抜けた直後、街道で尋問を受け……父は愚かにも身分を名乗り、『王の前に立ちはだかる無礼者』と一兵士を射殺したのだ。当然、父を囲む兵士たちは逆上する。彼らは冷静さを取り戻すことなく、国王の命を奪ったのだった。

その後、革命に呼応するように地方でも反乱が勃発《ぼっぱつ》し、領地を守れなかった貴族たちは先を争うように国外へと逃げ出した。

革命政府が発足し、真っ先に検討されたのが――王政の廃止とフランシーヌ、アレクサンドル姉弟の処分だった。

後顧《こうこ》の憂《うれ》いを残さぬため、ふたりを処刑しようという声すら上がる。

だが、首都がそんな状態であっても、デ・アンダ国のチャペリア半島では継続して戦争が行われていた。多くの人々の親兄弟が従軍しており、革命政府は援軍を投入したものの、北部勢力を支援していたリュクレース軍は、南部勢力に加担していたアップルトン軍に大敗を喫《きっ》したのだ。

革命と地方の反乱、そして敗戦。リュクレースの国力は弱まり、革命政府は残った貴族と手を結んだ。そして、すべての責任をヴィルパン王家に押しつけ、アップルトン王国との交渉の材料に使ったのである。

結果、アップルトン王国はヴィルパン王家の存続を希望した。

ただし、サイラスとフランシーヌの結婚を早急に行い、十歳のアレクサンドルを即位させることが条件だ。

結婚式が終わりしだい、両国間で同盟が結ばれる。サイラスには義弟となった十歳の新国王の摂政職《せっしょうしょく》と、リュクレース王国の王位継承権が与えられることになった。

「少なくとも、結婚式が終わるまでは、サイラス殿下がわたくしを殺すことはないと思うのです。そんなことをしてしまえば、王位継承権は手に入りません」

「では、馬車を襲ったのは誰なのでしょう？」

革命政府も一枚岩ではない。貴族と手を結び、アップルトン王国にすり寄る策を不満に思う一派もいると言う。ヴィルパン王家断絶を旗印に集まった、同盟反対派と呼ばれる一派がその筆頭だ。

「同盟反対派かもしれません。でも、今この国の安定を図るための最善の策は、アップルトンとの同盟しかないのです」

ヴィルパン王家は憎まれても仕方がない。その代償が国王の血だけでは気が済まないと言うのなら、フランシーヌの命も奪えばいい。

だが、誰になんと言われても、アレクサンドルの命だけは渡せない。王族としての責任と立場を自覚し、自らの意思で戦うか、死を選ぶか、決断できる年齢になるまでは。それまでは、フランシーヌにすべての責任がある。

居心地の悪い沈黙が部屋の中に広がり……そのとき、コンスタンが唐突《とうとつ》に口を開いた。

「サイラス皇太子には大勢の愛人がおられます。現在、一番のお気に入りは、野外劇場の歌姫とか。女王がご病気で摂政に任ぜられてからは、とくに好き放題なさっておられるようです。女性への贈り物に国庫金を湯水のごとく使ったり、愛人のために禁じられた決闘をしたり……どなたかを思い出しませんか？」

すぐに、父のことが浮かんだ。

だが、フランシーヌが口にするわけにはいかない。

「それは……わかりません。ですが、結婚や同盟は女王陛下のご命令と聞いております」

「そうです。サイラス皇太子自身は望んでいない。彼は常々この婚約を解消したいと口にしているとか。リュクレースの王位にも興味はなく……ひたすら、女の尻を追いかける以外に脳のない男なのです！」

しだいに言葉遣いが荒くなるコンスタンに、彼女はびっくりする。

「コンスタン？　どうしたのです……少し落ちつきなさい。あなたらしくも……」

「こんなにも美しく聡明なフランシーヌ様と婚約しながら、十二年も無視するなど、許せることではない！　サイラス皇太子のことだ。あなたを亡き者として、同盟反対派に責任を押しつけ、さっさと国に帰る算段をしているに違いない！」

そうではない、と思いたいが……。

サイラスが、近隣諸国の王室で一番の女好き、放蕩《ほうとう》王子の異名は誰もが知っている。彼が即位して権力が集中すれば、アップルトン王国は第二のリュクレース王国となるだろう。そんな噂すら広まっていた。

だが、女王もそれを承知しているのか、側近に優秀な人材を数多く集めていると聞く。

そしてコンスタンの言うとおり、良くも悪くもサイラスの興味は女性のみで、政治や戦争には向かっていない。側近たちを信頼して采配《さいはい》を任せる度量もあり、父のようにはならないのではないか。フランシーヌはそう思っている。

そのことをコンスタンに伝えたいが、今日の彼は妙に憤《いきどお》っている。フランシーヌが悩んでいると、ふいに両腕を掴まれた。

「コンスタン!?　び、びっくりさせないで……すぐに手を放しなさい」

「いいえ。あなたがどうしても、サイラス皇太子のもとに行くと言うなら、彼の妻にはなれないようにするまでです」

「……コンスタン？」

彼の言葉が理解できず……いや、理解したくなくて、フランシーヌは呆然とする。

「愛しています。宮廷に上がって十年、ずっとお慕いして参りました。大切なあなたを、あんな放蕩者には渡したくない！」

コンスタンは牧師の息子だと聞いたことがある。

十七歳で武官として宮廷に上がった。現在はアレクサンドルに付き従う侍従武官というのが正確な身分だ。

しっとりと濡れたような黒髪をしていて、瞳は銀色に近いグレー。表情が乏しいのが難点だが、逆に、その神秘的なところがいいと言われ、宮廷の女性たちには人気があった。また、そういった女性たちに誘惑されても、簡単に乗らないところも魅力なのだろう。

そんなコンスタンに愛を告白されたのだ。〝嫁《い》き遅れの王女〟と呼ばれ続けてきたフランシーヌにすれば、嬉しくないと言えば嘘になる。もちろん、誇らしくも思った。

だが、彼女は静かに首を振る。

「今の言葉は聞かなかったことにします」

「フランシーヌ様！」

「あなたは有能な侍従武官なのですよ。そんなことを言ってはダメです！」

今となっては幸いなことに、コンスタンは貴族の出身ではない。だからこそ、革命後も宮廷に勤め続けることができた。彼ならもっと出世して、いずれはふさわしい花嫁をもらい、幸福な家庭を築くに違いない。

（名ばかりの王女のために、コンスタンの名誉を傷つけるわけにはいかないわ）

コンスタンには気の毒だが、部屋から出て行くよう命令したほうがいい。フランシーヌがそう思ったとき、彼は血相を変えて窓に飛びついた。

「ど、どうしたのです？」

「静かに！」

今度はそのまま扉に近づき、そっと押し開ける。

だが、すぐさま閉めて、鍵をかけた。

「大変です。サイラス皇太子がこの宿に来ました！　どうしてここがわかったんだ……」

冷静なコンスタンも青ざめている。

フランシーヌも真っ青になった。

「こうなった以上は……」

コンスタンは剣の柄《つか》を握りしめ、扉の内側に身を潜めようとする。

彼はサイラスと正面から斬《き》り合うつもりなのだ。コンスタンは素晴らしく腕の立つ剣士だった。彼なら、放蕩王子と評判のサイラスを斬ることくらい簡単だろう。

しかしそれは、アップルトン王国に対する宣戦布告とも言うべき凶行。落ちつきかけたこの国の人々を、ふたたび戦禍に巻き込んでしまう。

「剣を引きなさい、コンスタン！」

「フランシーヌ様……」

「サイラス殿下が捜しているのはわたくしです。あなたはすぐに、窓から逃げなさい。殿下の配下が外にもいるかもしれませんが、決して傷つけてはいけませんよ。とにかく逃げ延びて、どうかアレクを守ってください」

そのとき、扉を叩く音が聞こえた。

『宿の者ですが……ちょっと確認したいことが……』

声の主は宿の主人に思える。だが、扉の外に感じる気配は、宿の主人だけではない。

「行きなさい、コンスタン！　王女としての命令です！」

押し殺したような声で鋭く命令する。

すると、ようやく彼女の気持ちが伝わったのだろう。コンスタンは窓を開き、木の枠に足をかけた。

「必ず、お迎えに参ります！　どうか、サイラス皇太子にお心を許されませんよう……」

彼がそこまで言ったとき、誰かが扉の取っ手を摑み、ガタガタと音を立て始めた。

『鍵が……あ、お待ちください。すぐに合鍵を……』

宿の主人の怯える声が聞こえ――重なるように、『退け!!』と怒鳴り声がした。

コンスタンが木の枠を蹴り、同時に、扉をぶち破るような激しい音が室内に轟《とどろ》く。

「きゃっ！」

外開きの扉が内側に倒れ、その上を踏み荒らすように軍服姿の男性が入り込んでくる。

フランシーヌは革命軍が王宮になだれ込んできたときのことを思い出し、口元を押さえて息を止めた。

「おい！　よくもやってくれたな、フランシーヌ」

倒れた扉の上に仁王立ちになる男性の姿を見た瞬間——フランシーヌの意識はフッと途切れた。

☆　☆　☆

「逃げた、だと？　どうして王女が逃げるんだ！　クソッ!!」

サイラス・ベネティクト・アヴァロンは声を上げて天を仰ぐ。

ほんの数分前、遠巻きにフランシーヌを護衛させていた配下から——花嫁となるフランシーヌ王女は、問題なくアップルトン自治区に入りました、という知らせを受けたばかりだった。

ところが、その直後にフランシーヌの乗った馬車に異変が起こったという。慌てて駆け寄ったところ、今度は傾いた車体と御者の死体が見つかり、馬がいなくなっていた。護衛の武官とともに逃げたらしいと言われては、愚痴《ぐち》のひとつも言いたくなる。

しかしそんなサイラスを、デ・アンダ王国から戻ったばかりの側近、アーサー・ヒュー・グレアム卿が睨んでいた。

「皇太子殿下、リュクレース国の大臣閣下もご臨席されています。ご発言はよく考えた上でお願いいたします」

アーサーに言われて、彼は大広間の中を見回した。すると、部屋中から好奇に満ちた視線が向けられていることに気づく。

（こいつらの視線は、完全に私を寝取られ男と言ってるじゃないか!?　この状況で、いったい何を考えろと言うんだ！）

サイラスはエリュアール宮殿の大広間の中で一段高い場所に置かれた椅子に腰かけ、ふんと鼻息で答えながら横を向いた。

彼らがいるエリュアール宮殿は、海に臨む高台に建っている。

この海の向こうがアップルトン王国だ。かつてこの地を足がかりに上陸し、サイラスの祖先が一帯を占領した。一度は撤退したこともあったが、十年前の婚約と休戦協定以降、リュクレース王国内にあってこの地区のみ自治が認められている。

そのアップルトン風の造りをした宮殿の大広間に、ボードリエ宰相以下数人の大臣と自治区の区長も臨席し、フランシーヌを出迎える準備を整えていた。

理由はもちろん、自国の王女の結婚を祝うため……という建て前はさておき、一秒でも早く結婚式を挙げ、同盟を成立させたい。背後の安全を勝ち取れば、首都から軍を動かせる。そういった革命政府の思惑からにすぎない。

すぐに結婚式を挙げるので正装で、と言われ、今日のサイラスはらしくもなく濃紺の軍服を着用していた。

ネイビーブルーの懸章《サッシュ》をかけ、金の飾緒《モール》を下げ、たいした勲功を挙げたわけでもないのに、複数個の勲章《メダル》までつけているのだ。

ここまでやって花嫁に逃げられたのでは、みっともないどころではない。

「ああ、わかった！　だったら、こっちから迎えに行ってやろうじゃないか。アーサー、まさか見失ったとは言うまいな？」

サイラスは椅子から立ち上がり、一段下にいるアーサーを睨んだ。

このアーサーも十代のころは見事な金髪をしていたが、歳を取るごとに色が濃くなり、二十七歳の今は茶色がかった金髪《ブラウニッシュ・ブロンド》だ。はしばみ色《ヘーゼル》の瞳をした美男子でサイラスより三歳若い。

頭の回転はそれなりによく、慎重な性格をしていて側近には最適な男だ。

難があるとすれば、命の危機に直面したとき、あまり役に立つタイプではない、ということくらいか。

「もちろん、見失ってはおりませんが……。皇太子殿下が自ら行かれるというのは、いかがなものでしょうか？」

「だったらおまえが行くか？」

サイラスの問いにアーサーは一瞬で固まる。

この十二年間、サイラスは一度もフランシーヌに会ったことはなかった。実際のところ、昨年の秋にリュクレース王国で革命が起こるまで、婚約者の存在はなるべく考えないようにしてきた。

できれば、誰もが忘れてくれて、なかったことにしてもらいたい。あるいは、マクシミリオン国王から婚約を解消してもらい、彼女を別の男のもとへ嫁がせてくれたなら……密かにそう願っていた。

だが革命で状況が変わり、これ以上先延ばしは不可能と悟った。それ以降、フランシーヌの動向はそれなりに確認させている。

彼女の日常についての報告で気になった男がひとり――コンスタン・マリエットという侍従武官の存在だった。

『アレクサンドル王子誕生の際に雇い入れた武官のひとりです。革命の一年前に第三王女がアンデリーギ国に嫁ぎ、姉弟ふたりになられました。それ以降、フランシーヌ王女は特別にマリエット准将を頼りにされているご様子』

その報告を聞いたとき、少し残念だったが、大方はホッとしていた。

十二年前に婚約したあと、サイラスは贈り物のひとつもしてこなかった。結婚についての具体的な話を持ちかけられても、無視し続けてきたのだ。

そのせいでリュクレース王国のみならず、近隣の王室では〝嫁き遅れの王女〟とフランシーヌは揶揄《やゆ》されていた。

婚約者からそんな目に遭わされ続けたのだ。彼女に好きな男ができても無理はない。

それだけではない。コンスタンは革命が起こったとき、命がけでフランシーヌとアレクサンドルを守ったと言う。

マクシミリオン国王は王宮に向かうと見せかけ、首都から脱出しようとした。当然、革命軍は王宮になだれ込むが、肝心の国王はおらず……。彼らは逃げ出した国王に激怒し、その怒りをフランシーヌたちにぶつけた。

集団の狂気とは恐ろしいものだ。正義の旗印を掲げていれば尚更である。彼らはナイフの一本すら持たない侍女たちを、王家に仕えていたという理由で手にかけていったという。

惨劇が繰り広げられた王宮で、コンスタンは一歩も引かずにフランシーヌたちを守り抜いた。深い愛情以外の何物でもないだろう。

そしてそれは、コンスタンが並々ならぬ剣の腕を持っている、という証にもなる。

剣の腕に自信のないアーサーには、いささか酷な問いかけだった。

「私が行く。こういう場合は、差しで勝負をつけるべきだろう?」

サイラスはニヤリと片頬を歪《ゆが》めて笑った。

☆　☆　☆

ふたたび、夏の太陽が目に飛び込んできた。

フランシーヌの胸に十二年前のことが鮮明に浮かび上がる。子供のころは愛らしい金髪をしていても、歳を取るごとにくすんでいくと言われる。女性より男性のほうが顕著らしい。だが、彼の髪はくすみの欠片も見えない、まさに蜂蜜色の金髪《ハニー・ブロンド》だった。

十歳のときにただ一度会っただけの人。

それなのに、この男性はサイラスに間違いない、とフランシーヌの直感が言っている。

だがそのサイラスは、彼女を罰するような顔で睨んでいた。

(わたくしの命を狙い、御者を殺したのはサイラス殿下の部下ではないの？　でも、こんなに早く見つけられてしまうだなんて……)

飛び下りたコンスタンは、無事に逃げ出せただろうか。

コンスタンの身を案じる反面、彼なら大丈夫だと思った。むしろ、彼の前にアップルトンの兵士が立ちはだかったとしたら、その兵士が深手を負ったのではないかと心配になる。

そのとき、フランシーヌの胸が焼けるように熱くなった。

例えではなく、本当に熱い。直後、ほとんど飲んだことのないお酒の香りがして……誰かが彼女に、口移しで強い蒸留酒《ブランデー》を飲まそうとしていることに気づいた。

フランシーヌはハッとして身体を起こし、堪えきれずに咳き込む。

「呑気に寝てるんじゃないぞ。自分が何をしたか、わかってるんだろうな？」

刺々しい声に怯えつつ、彼女は自分がその声の主に抱きしめられていること知った。

顔を上げて声の主を見る。

「……サイラス……殿下？」

目の前にいるサイラスからは、少年らしさが完全に消えていた。

三十歳になったのだから、残っているほうがおかしいのだが……。彼女自身の父と重ねて、我がままで幼稚な部分を残したままの男性だろう、と勝手に想像していた。

放蕩王子の噂どおり、サイラスからは思慮深さや円熟した人となりは伝わってこない。

だが、見るからに凛々《りり》しく逞《たくま》しい、何より強い生命力がある。彼の精悍《せいかん》な体つきに男性の色香を感じ、フランシーヌの鼓動は速まり、頬が熱くなった。

「わた……わたくし……わたくしは……」

どうやら、気づかぬうちに意識を失っていたようだ。同じ部屋にいることを思うと、そんなに長い時間ではないだろう。

あらためて、きちんと自己紹介をしようとするのだが、舌がもつれて上手く喋《しゃべ》れない。

「おまえがフランシーヌだってことはわかってる。御者を殺して、侍従武官と逃げた挙げ句にコレか？　まったく、こんな女を妻にしなきゃならんとはな」

何を言われているのか、さっぱりわからない。

どうしてフランシーヌが御者を殺すのだろう？　襲われたから、コンスタンに助けられてここまで逃げてきただけだ。

だが、サイラスの言葉を信用するなら、御者を殺して馬車を襲おうとしたのは彼ではないのだろう。

やはり同盟反対派か……。

フランシーヌはそのことを口にしようとするが、

「わたくし、たちは……逃げて……逃げた……逃げ……」

どうしても思いどおりの言葉が出てこない。

こんなことは初めてで、フランシーヌは頭の中が真っ白になる。

「コンスタン……コンスタンは……わたくし、を」

コンスタンは自分を助けてくれただけだ。彼を捕まえても酷いことはしないで欲しい。逃げたのであれば、これ以上追わないで欲しい。

そう言いたいだけなのに、たったそれだけのことが言えない。

「コンスタン・マリエットがそんなに大事か？」

フルネームを耳にしてびっくりしたが、フランシーヌはサイラスの目を見てうなずいた。

コンスタンは命の恩人であり、リュクレースを離れるフランシーヌに代わって、アレクサンドルを守ってくれる大切な人だ。

だが次の瞬間、サイラスの青い目に信じがたいほどの苛立ちが浮かんだ。

彼はフランシーヌの顎を掴み、上を向かせると吐き捨てるように言う。

「色気づいた雀に、誰がご主人様か教えてやる必要がありそうだな」

地を這《は》うような唸《うな》り声だった。

フランシーヌの身体はビクッと震えた。サイラスはとんでもなく怒っている。だが、どうして怒っているのか、彼女には理解できない。

恐ろしくなり、彼の拘束から逃れようとしたとき……。

強い力で押さえ込まれ、唇を奪われた。

少し前、同じように押し当てられたことを思い出す。口移しでお酒を飲ませようとしたのはサイラスに違いない。フランシーヌに意識を取り戻させるための、気付け薬だったのだろう。

だが、このキスはあのときとは違う。

キスは神聖な行為だ、とくに唇同士のキスは親密な男女の間で交わす行為だった。

サイラスは夫になる人だから、唇を許しても罪にはならない。だが結婚式を挙げる前に、こんな場所ですることではなかった。

「い……やっ……やめ……」

逃げようとすると、彼のキスはさらに激しくなる。

フランシーヌの柔らかな唇を淫《みだ》らに弄《いじ》り、舌先で踏み荒らすように唇の間を割り込んだ。彼女が歯を噛みしめたままでいると、歯列や唇の裏側に舌を這わせようとする。

生温かいぬめりに口の中を蹂躙《じゅうりん》され、フランシーヌは悲鳴を上げてしまいそうだった。

彼女が降参の白旗を振る寸前、サイラスから唇を離してくれた。

「なんて強情な女だ」

彼は苛立たしげに呟く。

そのとき、扉のあった場所から声が聞こえてきた。

「お取込み中、失礼いたします。コンスタン・マリエットを取り逃がしました。奴は馬を一頭奪い、南に逃げた模様です」

フランシーヌはホッと息を吐く。

しかし、彼女の安堵に怒りを増した表情で、サイラスの厳しい声で命じた。

「集められるだけの兵を集めて、コンスタンを追え！」

「ここはリュクレース王国の領土です。皇太子殿下のご命令といえども、これ以上は……」

「なら、革命政府に言ってやれ。早急にコンスタンを捕まえ、私の前まで連れて来い、と。いや、生死は問わん。首だけでいい」

フランシーヌは目を見開き、サイラスの腕に縋《すが》っていた。

懸命に首を左右に振る。

「やめて……ください。コンスタンは……」

どうしてこんなにも声が出ないのだろう。そうも思うと自分で自分が情けなくなる。動悸《どうき》がして、息苦しくてどうしようもないのだ。ひょっとしたら、サイラスからされたキスのせいかもしれない。

頭が痛くなり、ついには涙が浮かんできた。

そのまま、ポロポロと泣き出してしまう。

彼女は涙もろいほうではない。母が生まれたばかりのアレクサンドルを残し、三人の王女まで捨てて国に帰ったと聞かされたとき、弟妹に隠れて泣いた。

その後、ふたりの妹が嫁いだときも、父が死んだと聞かされたときも、泣いてなどいない。

ただ、血まみれの王宮で乳母ウラリーの死体を見つけたときは、涙が止まらなかった。

だがサイラスには、二回会って二回とも涙を見せることになるとは……。

「コンスタンを逃がして欲しいのか？」

彼は苦々しそうに尋ねる。

その問いに、彼女はうなずくことしかできない。

「いいだろう。その代わり、私の命令に逆らわないと誓えるか？」

一瞬、息を止めるが――やはりフランシーヌに許された選択肢は、うなずくだけだった。

「アーサー、追跡はしなくていい」

「承知しました。では、急いでここを引き揚げましょう。エリュアール宮殿に戻り、すぐに結婚式を行わなくては……あ、皇太子殿下!?」

サイラスは唐突にフランシーヌを抱き上げると、部屋の外ではなくベッドに向かって歩き出した。

どうやら、アーサーと呼ばれた男性の言葉をまともに聞く気はないらしい。

「扉を閉めろ……というのは無理か。まあ、いい。全員、この部屋から出て行け。アーサー、誰も二階に上げるな。コトが終わるまで、下で待機だ」

そんな、とんでもない命令を下した。

「馬鹿な真似はおやめください！」

仰天したアーサーの声が聞こえてくる。

サイラスは振り返ると、今度は力を込めて叫んだ。

「もう一度だけ言う。――出て行け!!」

叶うなら、自分も出て行きたい。彼女の頭に浮かんだのは、そんな言葉だった。

ベッドに下ろされたとき、フランシーヌの胸に不思議な感覚がよぎる。

サイラスはこのまま自分を抱く気なのだろうか？

他の男性であれば、純潔を奪われる心配をしなくてはならない。だが、そもそもサイラスはフランシーヌにとって正式な婚約者だった。それも、今日明日にも結婚式を挙げる予定になっている。

仮にここで奪われても、たいした差はないように思う。

そのとき、部屋から出て行く数人を足音が聞こえてきた。

サイラスの本気を感じ取り、アーサーも諦めたに違いない。それらの足音は順番に階段を下りて行く。

階下で聞こえていた人の声もやがて聞こえなくなり、扉が開いたままだとは思えないほど静かになった。

ギシッとベッドが軋んだ。

サイラスがベッドの上に乗り、フランシーヌの身体を跨いだ音だった。彼が動くたび、ベッドはギシギシと音を立てる。

サイラスは彼女の腰の横に膝をつき、そのまま覆いかぶさってきた。

青い瞳が徐々に近づき、フランシーヌのほうが先に目を閉じる。その直後、ふたりの唇が重なった。

啄《ついば》むようなキスを繰り返したあと、サイラスが腰に下げた剣を外した音が聞こえた。しかもその剣を、彼女の頭もとに置いたのだ。

冷たく重々しい音が、やけに大きく聞こえる。

それはまるで、逆らったら斬ると言われているようで、背筋に冷たいものが流れていく。

「目を開けろよ、フランシーヌ」

サイラスの声が聞こえた瞬間、身体がビクッと震えた。

「自分が誰とキスしているか、しっかりと見るんだ」

そのままではいられない空気を感じ、彼女はゆっくりと目を開けた。

すると、目の前にサイラスの顔があった。

「次は舌だ。口を開けて舌を出せ。ほら、言うとおりにするんだろう？」

キスをするのに、どうして舌を出さなくてはいけないのか。疑問を胸に抱えたまま、彼女は言われるとおりほんの少し舌を突き出す。

その舌にサイラスは噛みついてきた。

「きゃ……んっ」

フランシーヌはびっくりして舌を引っ込める。

「誰が引っ込めていいと言った？　ほら、もう一回だ」

「こ……れが、キス……な、の？」

彼女が言葉にできたのはそれだけだった。

サイラスは憮然《ぶぜん》としたまま答える。

「コンスタンに教えられたキスは違う、と言いたいわけか？　あいにくと、アップルトンの男は激しいんだ。ベッドの中では優しくない——覚悟するんだな」

彼女に反論の時間は与えられなかった。

もう一度舌を差し出す間もなく、開いた唇から彼の舌が入り込んでくる。ぬるりとした感触が、口の中いっぱいに広がった。

抵抗する意思はまったくないのに、手が自然に彼の身体を押し戻そうとする。

それを阻《はば》むように、サイラスは片手でフランシーヌの両手首を掴み、彼女の頭のすぐ上辺りに押さえ込んだ。

「んっ……んんっ……ん、ふ……っん」

声を出すどころか、息をすることもままならない。

自分の舌を使って彼を追い出せたら、と思いつつ……自分から、サイラスの舌に押し当てることができなかった。

口の中で彼から逃げ惑う。

羞恥心《しゅうちしん》が高まり、しだいに息苦しさが増していく。

（キスだけで……こんなに激しいの？　わたくし、サイラス殿下について行けるのかしら？）

その瞬間、フランシーヌの口から舌が抜かれた。

慌てて息をしようとしたとき、今度は強く唇を押し当てられる。

（ダ……メ、もう、息が……）

ふたたび、フランシーヌは目の前が真っ暗になっていく。

遠くにサイラスの声を聞こえ……しだいに、聞こえなくなった。

第二章　危険な結婚

冷たい風が頬を撫でる。

それが潮風だと気づいたとき、フランシーヌはうっすらと目を開けていた。

白いレースのかかった天蓋《てんがい》、染みひとつないクリーム色の壁。アーチ型の窓に目を留め、彼女はハッとした。

この時期にしてはずいぶん高い位置から光が射し込んでいる。

（ここは……ひょっとして、エリュアール宮殿？　今はいったい……）

少しずつ、フランシーヌの頭もスッキリとしてきた。

陽射しの角度を見る限り、朝ではないだろう。

名前もわからない小さな海辺の町から、夜のうちに運ばれたようだ。意識のないフランシーヌを馬に乗せたはずはないだろうから、きっと馬車を用意してくれたのだろう。それはサイラス以外に考えられなかった。

世話をかけた、と思う反面、意識を失う直前まで彼にされていたことを思えば……。

思い出せば思い出すほど、頬が熱くなる。

（キス、されたのだわ。でも、サイラス殿下はわたくしの夫になる方ですもの。別に恥じることはないのよね？）

ゆっくりと身体を起こし、フランシーヌは唇に手を当てる。そこにはサイラスの唇の感触が残っていて、トクンと胸が高鳴った。

しかし、昨夜のように、ふいに鼓動が速まることはない。

（昨夜はどうしてあんなふうになったのかしら？）

ろれつが回らなくなったことも初めてだった。

原因はなんだったのか、フランシーヌが考え始めたとき、いきなり扉が開いた。

驚いて凝視していると、ひとりの女性が入ってきた。彼女はフランシーヌに対してひと言の挨拶《あいさつ》もなく、つかつかと部屋の中を歩き回っている。

自分が歓迎されていないことくらい、充分に承知していた。だが、仮にも一国の王女が休んでいる部屋に、ノックもせずに入るのは無礼としか思えない。

フランシーヌがそのことに注意を与えようとしたとき、女性のほうから口を開いた。

「あら、お目覚めだったんですね」

彼女は悪びれる様子もない。チラッとこちらに視線を向け、赤みを帯びた金髪《ストロベリー・ブロンド》を思わせぶりにかき上げた。

それはとても珍しい髪の色だ。透き通った肌や琥珀色《こはくいろ》の瞳を合わせると、陶磁器製の人形のように美しい。

だが、人形とは違う点がひとつ――。

彼女の瞳は感情を持たない人形とは違い、フランシーヌに対する敵意を隠そうともしていなかった。

胸の奥にざわめくものを感じながら、フランシーヌは居住まいを正して声をかける。

「眠っていると思っていても、ノックをするのが礼儀ですよ。それとも、アップルトンでは違うのですか？」

「お酒に酔って昼近くまで眠っていた方に、礼儀のことを言われるなんて思いませんでしたわ」

彼女は口元を押さえてクスッと笑う。

まさかそんな時間になっていたとは思わなかった。だがそれ以上に、彼女の言葉にフランシーヌは驚きを隠せない。

「……お酒？」

「ええ、ひと口飲まれただけで、酔って眠り込んでしまった、と聞きましたけど」

フランシーヌが倒れたときに飲まされた蒸留酒のことを思い出した。

激しい動悸も、上手く喋れなくなったことも、原因はすべてあのお酒だったのだ。おかげで意識は取り戻せたが、逆に眠ってしまっては意味がない。

とくに頭痛がしたわけではなかったが、フランシーヌは頭を抱える。

「礼儀正しくするかどうかは、相手しだいってことかしら」

彼女はひと言の謝罪もなく、むしろ勝ち誇ったような声だった。

フランシーヌは気持ちを切り替え、

「わたくしはフランシーヌ・シャルロット・ド・ヴィルパン、リュクレース王国の第一王女であり、サイラス皇太子の婚約者です」

言わずもがなと思いつつ、一応名乗る。

ところが、彼女はそんなフランシーヌを無視するように、無言のまま開いていた窓を閉め始めた。

そして背中を向けたままひと言――。

「だから？」

あまりのことに返す言葉が見つからない。

「ああ、ご挨拶が遅れまして……私はジェシカ・デーンズです。昨年の夏、サイラス様のお目に留まり、王宮の侍女にしていただきました」

絶句するフランシーヌに、ジェシカは艶笑《えんしょう》を浮かべながら自己紹介を始めた。途中、『サイラス様』の部分だけ声音が変わる。

そのとき、ようやくジェシカの敵意の正体を知った。

(彼女はただの侍女ではないんだわ。サイラス殿下の……おそらくは愛人)

コンスタンが言っていた。

『サイラス皇太子には大勢の愛人がおられます』

今は歌姫がお気に入りという話だったが、侍女にも手を出しているようだ。

悲しいかな、それ自体はとくに珍しいことではない。フランシーヌが知っている既婚男性の九割に〝お気に入り〟の女性がいる。それはもちろん、妻ではなかった。

「そう……ですか。あなたの言いたいことはよくわかりました」

フランシーヌはため息とともに口にした。

「わかっていただけて、よかったわ」

「ええ、でも、あなたにもわかっていただきたいの。わたくしを恋敵のように思っているのでしょうけど……あなたがどんな態度を取ろうとも、この結婚はなくなりません。サイラス殿下の妻になるのはわたくしです」

正面からジェシカを見据え、フランシーヌはきっぱりと宣言した。

ジェシカは怒って喚き始めるかもしれない。あるいは出て行くか……そう思ったとき、信じられないことに彼女は笑い始めた。

「いやだわ、王女様。恋敵だなんて！」

その愉快そうな様子に、フランシーヌは自分が間違っていたのだろうか、と思い始める。

しかし、

「サイラス様のことはお慕いしておりますけど、あの方に思い人がおられることは存じています。もちろんそれは、政略結婚で押しつけられた国家のお荷物のような王女様じゃありませんけどね」

彼女はそう言うと、これまで以上に高笑いをしたのだった。

フランシーヌには言い返すこともできない。

これが『政略結婚』であることも、今の自分が『国家のお荷物』であることも、認めるのは苦しいが事実だ。

王女の身分を名乗れるのも、アップルトン王国を統治するマーガレット女王のお情けにすぎない。もし女王にサイラスとの婚約を白紙に戻され、リュクレースの王政を廃止する、と言われたら……。

フランシーヌとアレクサンドルは、よくて身分を剥奪《はくだつ》され国外追放。最悪の場合は処刑されるだろう。

「でも、まあ、サイラス様と結婚されるのは間違いないですからね」

ジェシカは『結婚』と口にしたとき、一瞬だけ面白くなさそうに口を尖《とが》らせた。

だが、すぐに目尻を吊り上げる。

「あなたを皇太子妃殿下と呼ばないといけませんわね。まあ、短い間でしょうけど」

ジェシカはフフッと笑い、黙ったままのフランシーヌを残して出て行った。

絹の毛布を掴む手が震える。

(これくらいで驚いていてはダメよ……)

どうせ十二年前から望まれていない花嫁なのだ。殺される覚悟はして、この宮殿にやって来たはず。侍女に何か言われたくらいで傷ついていてどうするのだろう。

心の中で懸命に自分を励ますが、しだいに心細くてどうしようもなくなる。

思えば、弟のアレクサンドルとは、彼が生まれてから一度も離れたことがなかった。とうとう一番上の姉までいなくなり、寂しくて泣いていないだろうか。

革命のあと生き残った信頼できる侍女たちは、すべてアレクサンドルのもとに残してきた。せめて、彼女たちまで解雇されないように祈るだけだ。

この結婚が成立すれば、アレクサンドルは正式にリュクレース王国の国王となる。

十歳と幼いため、サイラスとボードリエ宰相が共同で摂政を務めることになるが、即位すれば、少なくともすぐに命を奪われることはないだろう。

(でもわたくしは……同盟が締結すれば、もう役目は終わりなのね)

カタカタと風に揺れる窓をみつめ、フランシーヌは込み上げてくる涙を必死に堪えた。

☆　☆　☆

エリュアール宮殿の外装には赤茶色の煉瓦《れんが》が使われていた。

最初に建てられてから百年以上が経過しており、長きに亘《わた》って潮風に晒《さら》されてきた。今となってはずいぶん色褪せてしまったが、その分だけ両国の歴史を思わせる。

思えば、フランシーヌがこの宮殿を昼間に見たのは初めてだ。

（婚約のときも夜に到着して、次の日の夜明け前に出発したんだったわ）

人生最後の刻《とき》を過ごすのがこの宮殿になるのかもしれない。そう思うと、フランシーヌは感慨深いものを感じていた。

彼女の隣には昨日と同じ軍服を着たサイラスが立っている。

そしてフランシーヌは……昨日着ていた白いモスリンドレスを脱がされ、わざわざアップルトンから持ち込んだという、絹タフタのウエディングドレスを着せられていた。

そのドレスは襟ぐりが大きく開いていて、覗き込もうとしなくても胸の谷間まで見えてしまう。教会式にはふさわしくないデザインだ。しかも、色は白ではなく、少しくすんだ象牙色《アイボリー》だった。

結婚式のドレスは白が定番になりつつある。そんな中、違う色を渡されるのは何か意図があるように思えてならない。

(わたくしに対する嫌がらせ、とか？　馬鹿馬鹿しい。そんなことをしても、サイラス殿下に得るものはないわ)

フランシーヌはそう思い直し、指示されたとおりのドレスで結婚式に臨むことにした。髪を綺麗に結い上げてもらうのは、ずいぶん久しぶりのこと。それだけのことに、フランシーヌの心は和んだ。

そのまま、宮殿近くの教会に向かうのだとばかり思っていたが……。

ふたりの結婚式が行われるのは宮殿の庭に急ぎ設置された仮祭壇だった。しかも、アップルトンから同行した司祭に執り行ってもらうと聞かされる。

どうしてリュクレースの司祭ではダメなのだろう。

誰かに尋ねようにも、着替えを手伝ってくれたジェシカを含む五人の侍女は、全員がフランシーヌに多かれ少なかれ悪意を持っているとしか思えない態度を取っていた。

(まさか、全員〝お気に入り〟なんて……あり得ない、わよね？)

一抹の不安を感じ、フランシーヌは尋ねることを諦めたのだ。

そのときの侍女たちの顔を思い出しながら、隣に立つサイラスの顔をそっと見上げる。

太陽の光をすべて写し取ったような髪をしていた。その輝きは見れば見るほど神々しさすら覚える。視線に力を感じるのは、瞼《まぶた》が綺麗な二重のせいかもしれない。長い睫《まつげ》も金色をしていて、彫の深い顔立ちを際立たせていた。

十代のころから彼の美貌が『悪魔のように美しい』と言われてきただけのことはある。

その横顔をみつめているだけで、お酒を口にしたわけでもないのに、フランシーヌの鼓動は早鐘を打ち始める。

だが、昨夜のような息苦しさは感じず、もちろん意識もはっきりしていた。

少し萎れた芝の上に、白いベルベットの絨毯が敷かれている。その先にある仮の祭壇に向かって、ふたりは並んだまま静々と進んだ。

そこはまるで教会の身廊と同じ清らかな通路に思え、何も疑問を持たずにフランシーヌは足を前に動かす。

そして司祭の待つ祭壇まであと数歩――ふいに左足が絨毯を踏み抜いた。

「ぁ……きゃ！」

絨毯の下が何もない。偶然か、悪意か、土竜《トープ》の掘った穴の上に絨毯が敷かれていたらしい。

フランシーヌは小さな悲鳴を上げ転びそうになる。

そのとき、サイラスの大きな手が彼女の身体を支えた。

ちょうど胸の辺りに彼の手が触れ、抱きかかえられる。フランシーヌはびっくりしたが、決してわざとではないだろう。

「あ……ありがとう、ございます。もう、大丈夫です」

助けてもらいながら振り払うことはできない。だが、胸に触れられたままというのも避けたい事態だ。早口でお礼を言い、急いで身体を引こうとする。

だが、離れようとした彼女の腕をサイラスが掴んだ。

「あの……サイラス殿下」

「転ばれたら面倒だ。私の腕にしっかり掴まっていろ」

そう言って自分の肘の辺りを掴ませる。何気ないことだったが、そんなふうに言われたことは初めてで……。

フランシーヌは不思議なときめきを感じつつ、ほんの少しサイラスに身を委《ゆだ》ねたのだった。


誓いの言葉を口にしたあと、それぞれの王家に伝わる指輪を交換する。結婚誓約書にサインをして、サイラスから口づけを受けたら式は終了だ。

アップルトン王国からの参列者は数えるほどだった。

その中でも正装で参列しているのはアーサー以下数人。アーサーは国を代表する外交官であり、未来のグレアム伯爵として参列していた。

リュクレース王国側はさらに少ない。

なぜなら、この宮殿に入る際に武器はすべて取り上げられ、護衛兵どころか従者を伴うことすら許されなかった。その状況で入ろうとする人間は限られてくるだろう。彼らの目的は同盟締結であり、結婚式などどうでもいいのだ。

当たり前だが、その中にフランシーヌの身内と呼べる人間はひとりもいない。

ここに、ふたりの結婚を祝福してくれる人間は……神に代わって祝福を与えてくれる司祭だけだった。

(期待はしていなかったけど……やはり、寂しいものね)

結婚式と言うより、葬式のような物悲しさが漂っている。

そんなことを考えながら辺りを見回すフランシーヌの耳に、サイラスの声が滑り込んできた。

「コンスタンを探しても無駄だぞ」

彼は前を向いたまま、表情も変えずにささやく。

どうしてここにコンスタンの名前が出てくるのだろう？　フランシーヌにはまるでわからないが、とりあえず同じようにささやいた。

「なんのことでしょう？」

「奴が助けにくると思っているのかもしれんが、鼠《ねずみ》一匹入り込む隙はない」

昨夜のことでサイラスは誤解をしている。

コンスタンがここに来ても、それは彼女を助けることにはならない。フランシーヌを救う気持ちがあるのなら、生きて王宮に戻り、これまでどおり王家に——新国王に仕えてくれることが一番だった。

（わたくしのことを大切にしてくれるのは、彼が任務に忠実だからよ。恋心のはずがないわ。昨夜は襲われて、混乱していただけ……）

そのことを、なんとかサイラスにわかってもらいたかった。

「彼はただの侍従武官です。これより先はわたくしではなく、新国王に仕える身。ここに来るはずがございません」

祭壇は目の前なので、詳しく説明する時間がない。

すると、サイラスも早口で返してきた。

「夫婦じゃなかったのか？　そう宿の主人から聞いたぞ」

「それは……」

「泣いて奴の命乞いをしながら〝ただの侍従武官〟とは、笑わせてくれる」

目の前の司祭は、「こちらを向いてください」とふたりに声をかけるが、サイラスは司祭を無視して、今にも射殺しそうな目でフランシーヌを睨んでいた。

フランシーヌは背筋がゾクッとした。

司祭も無駄だと思ったのか、ふたりの結婚に祝福の言葉を口にし始める。だが、そんな司祭の言葉は、彼女の耳を右から左に流れていった。

お酒を飲まされたあとのことは、記憶が曖昧《あいまい》になっている。泣いて奴の命乞いをしながら、と言われたら……そんなことをしたような気もする。サイラスがなんとしてもコンスタンを捕まえ、首だけでも持ってこいと命じるのを聞き、慌てて止めようとしただけだった。

御者が襲われて殺されたことも、サイラスはまるでフランシーヌとコンスタンが共謀して殺したかのように言っていた。その辺りもきちんと話し合う必要がありそうだ。

すべてはサイラスの誤解、そう言いたいが……。

(でも、サイラス殿下のほうはどうなのかしら？　アップルトン側が誤解を真実にしたがっているとしたら？)

そのときは、釈明するだけ無駄だろう。

フランシーヌが諦めの境地に達したとき、司祭から誓いの言葉を促された。

どうにか復唱するが、掠れる声でようよう呟くのが精いっぱいだ。

そして指輪の交換になり、飴色に艶めくブラックチェリーの木箱を手にアーサーが近づいてきた。

サイラスは差し出された木箱の蓋を開け——次の瞬間、目を見開いた。

「我が王室に伝わる指輪だ。未来の王妃にふさわしくない者が花嫁に選ばれたとき、その色を変える、と言う伝説がある」

サイラスがゆっくりと取り出した指輪は、銀色ではなく濃い紫色に変色していたのだ。

それは参列者たちにも見えてしまったらしく、彼らの間からも驚きの声が上がる。

フランシーヌは眩暈《めまい》を感じた。喉の奥に何かが詰まったようで息苦しい。そのまま倒れてしまいそうだ。

だが、数回深呼吸して気持ちを建て直し、サイラスを見上げた。

「指輪が色を変えたとき、花嫁はどうなるのでしょう？」

「どうなる、とは？」

「その花嫁とは結婚できない。あるいは……」

サイラスは青い瞳を刃のように細め、彼女の言葉を遮《さえぎ》る。

「指輪をはめた瞬間、花嫁は死ぬ、とか？　もしそうなら、おまえはどうする？」

司祭は呻きながら頭を振り、何ごとか祈り始めた。

アーサーは微動だにせず、サイラスとフランシーヌのやり取りを聞いている。

そしてフランシーヌは……グッと息を呑み込み、優雅な仕草でサイラスに向かって左手を差し出した。

「さあ、どうぞ」

まるでダンスに応じるように、フランシーヌは小首を傾げ、静かに微笑む。

「ただし、これだけはお約束ください。わたくしが死んでも、同盟は締結する、と。そして、アレクサンドルを国王にしていただけますよう、お願い申し上げます」

気を抜けば、すぐにも身体が震え出してしまいそうだ。だが今、そんな醜態《しゅうたい》を人前で晒すわけにはいかない。

フランシーヌは凛とした声色を崩さず、最後まで言いきった。

刹那《せつな》――サイラスに手を握られ、ビクッとして思わず引いてしまいそうになる。

（ダメよ、絶対にダメ。たとえ何が起こっても、わたくしから引いてはダメ！）

必死で堪える彼女の手をサイラスは力を込めて握った。そして無表情のまま、左手の薬指にぐいぐいと指輪を押し込む。

紫に変色した指輪が肌に触れた瞬間、まるで氷のように冷たく感じた。自分の指に収まった指輪を見ていると、しだいに変な気分になる。まるで毒が染み込んでくるようで、知らず知らずのうちに、フランシーヌの額に汗が浮かんだ。

その直後のこと――突然、サイラスの口から弾けたような笑い声が上がった。

呆気に取られる人々の前で、彼はフランシーヌの左手薬指に指輪の上から口づける。

「そんなにビクビクしなくていい。ただの迷信だ。それとも、私の花嫁にふさわしくない心当たりでもあるのか？」

サイラスの言葉にフランシーヌは頬がカッと熱くなる。

どれほどからかえば気が済むのだろう。

悔しさに苛立つ気持ちを抑えつつ、今度は彼女がボードリエ宰相から渡された指輪をサイラスの指に押し込んだ。

それは金で作られたヴィルパン王家に伝わる指輪だった。しかし、今はすべてが国家と国民の所有になっている。十二年前の婚約発表のとき、髪に飾った王女のティアラも、今のフランシーヌにつけることは許されない。

サイラスから視線を逸らし、結婚誓約書にサインをする。

これで終わりだ。フランシーヌの王女としての役目は終わった。

(あとは、指輪の迷信を利用して殺すだけ……なんて計画も、ないとは言えないわね)

ここまできては、苦笑いすら浮かんでくる。

ただ何があったとしても、可能な限り王女の威厳を失わずに死ななければならない。そんなことを考えながらフランシーヌはさっさと祭壇の前から立ち去ろうとした。

そのとき、ふいに腕を摑まれる。

「どこに行く気だ?」

サイラスの顔から、なぜか余裕の表情が消えていた。

彼は何をそれほど慌てているのだろう?　まったくわからないまま、フランシーヌは憮然として答える。

「結婚式は終わりました。あとは、政府の皆さんと同盟についての……あっ」

サイラスは問答無用で彼女を抱き寄せ、唇を押し当ててきた。

乱暴で短いキスにフランシーヌはびっくりする。

「誓いのキスを無視したのはわざとか？」

「そ、そんなこと……わ、忘れて、いただけです」

本当に忘れていた。

人前で唇にキスされたことが恥ずかしく、フランシーヌは無意識で唇を拭ってしまう。

「こ、これで、もう済みましたね。では、わたくしは失礼させて……あ……やっ」

顎に手を当てられ、強引に上を向かされていた。

サイラスの頬はわずかに紅潮しており、それは屈辱の色に見えた。

「私のキスは汚らわしいとでも言わんばかりだな。いいだろう、もっと汚してやる」

「あっ、ちが……あっ、んんっ」

今度はもっと激しく、フランシーヌの唇を奪った。

柔らかな唇に吸いつき、軽く歯を立てながら唇を上下に開かせた。舌先を押し込み、口腔内を存分に舐《ねぶ》る。

それはとても神の前で行うキスではない。

(なんて……いやらしいキスをするの？　これは、誓いのキスではないわ)

フランシーヌは彼から逃れようとした。

なんとかサイラスの舌を追い出そうとするが、そんな彼女の舌に唾液を搦《から》めてきて……逆に押さえ込まれ、口に中で逃げ場を失う。

「ん……ん、ぁふ……ぅ、んっ……んんっ」

数は多くないとはいえ、参列者や侍女、護衛兵、そして神と司祭の前で、サイラスの濫《みだ》りがましいキスは続く。ピチャピチャと音を立て、舌に吸いつき、収まりきらない唾液が唇の端から零《こぼ》れた。

まるで人前で凌辱《りょうじょく》されているようだ。

昨夜のキスとは比べものにならない、初めて経験する羞恥の行為に、フランシーヌの我慢は限界を超えた。

耐えきれなくなり、とうとう涙が頬を伝う。

そのとき、ようやく唇が離された。

フランシーヌは立っていられず、ふらふらと地面に座り込む。

「これで終わりだと思うな。おまえには、同盟締結までにもうひとつ役目があるだろう？　初夜を終えて、本物の夫婦として結ばれてこそ結婚は成立する。知らないとは言わせないぞ」

たしかにそんな決まりはあった。

だがそれは、確実にふたりの間に後継者を作る必要があるときに限り、重要な役目となる。

そうでない場合は、結婚誓約書にサインをすれば終わりでもいいはずだ。

（わたくしに後継者を産ませようなんて、思ってもいないくせに。こんなに振り回しておいて、それでも自分の言いなりにできると思っているのだわ）

サイラスは彼女のことを、初めて会ったときから侮辱《ぶじょく》していた。〝地味な雀〟その言葉は十二年経ってもフランシーヌの耳に残っている。

彼はあのとき、『女の身体に成長しておいてくれ』と言ったように思う。

でも今のフランシーヌは、とても彼が望むような女ではない。もちろん、背の高さも体形も、大人の女性と呼ぶにふさわしいサイズだ。

だが、悪魔のように美しいサイラスの隣に立ち、お似合いと言われる容姿でないことくらい充分にわかっている。

「地味な雀に興味はないと思っておりました。あなたのお気に入りは、美しい声を持つ金糸雀《キャナリ》だと聞いておりましたので」

拒絶するつもりはなかった。

悔しいことに、十二年前も昨夜も、そして今このときも、サイラスが気まぐれに見せる笑顔に惹きつけられてしまう。口づけも決して嫌なわけではない。第一、彼と本物の夫婦として結ばれるのだ、と思うだけで頬が熱くなる。

そんな彼女に、サイラスは悪びれる様子もなく言い返してきた。

「金糸雀は歌ってこそ価値がある。寝室で啼《な》かせてみたい女とは別だ」

「し……寝室で、啼かせる方も、大勢いらっしゃると聞いております。珍しい毛色をした白鳥《シーニュ》もお傍にいらっしゃいますし……」

「珍しい？　ああ……アレは白鳥というより、鶏《プーレ》だな。それも赤いトサカを持つ雄鶏《コック》だ。なんと言っても、雄鶏の扱いが最高に上手いらしい」

サイラスがそう言った瞬間、彼の背後に控えていたアーサーが頬を歪めて口元を押さえた。笑ったように見えたが、フランシーヌの視線に気づいたらしく、すぐに咳払いする。

男性ふたりの様子に、フランシーヌもピンときた。

こういうときの男性は、女性に関する猥雑な話をしていると相場は決まっている。父が主催した宮廷の夜会で、何度も遭遇した場面だった。

「わかりました！　部屋に戻ります。かまいませんね？」

いやらしい会話から離れたくて、フランシーヌは立ち上がりながら尋ねる。

こんな会話を平然とするサイラスのような男性を、どうして自分は不快に思わないのだろう。長い間婚約していたから、という理由で受け入れてしまっているのか。あるいは、彼の華やかな容姿に惑わされてしまったのか。

どちらにせよ、自分がそれほど軽薄な女性とは思いたくない。

（いい歳をして、浮かれている場合ではないのに。妻と言っても、夫に心を許せる立場でもないし……）

「ああ、かまわない。だが、部屋には外から鍵をかけ、窓の下に見張りを立てる。逃げ出そうとしたら、同盟はご破算だ」

フランシーヌはサイラスの妻になったわけではなく、囚人となった。

銀の指輪が枷《かせ》のように思え、彼女は無言で歩き始めた。

☆　☆　☆

「男性器《コック》なんて、言い過ぎですよ皇太子殿下」

アーサーはブラックチェリーの木箱を両手に抱えたまま、ポツリと呟く。それはまるでサイラスを諫《いさ》めるような言い様だ。

「私は雄鶏と言ったんだ。あのプライドの高そうな王女様が、我が国の俗語までご存じなわけないさ」

「どうでしょうか……頬が引き攣《つ》っておられましたよ」

しんみりした口調で言われたら、サイラスも少し不安になる。

だが、始めに笑い出したのはアーサーだ。彼にも責任はあるだろう。

「しかし、そんなことより……世間の噂というのは当てにならないものですね。地味で貧相な第一王女だなんて、デタラメもいいところです」

責められそうなのを察したのか、アーサーは話を逸らしにきた。

その手には乗らないと思いつつも、アーサーの言葉はあながち嘘ではなかった。

――女性としての魅力は欠片もない上に、頭でっかちで偉そうに意見を言い、父親からも煙たがられている。サイラスもとんだ外れを引いたものだ――それがアップルトン王国内に広まるフランシーヌの噂だ。

世間の噂を合わせて昨夜のことを思い出し、サイラスは鼻白《はなじろ》んだ。

昨夜、宿屋で見たときのフランシーヌは不格好なコート・ドレスを着ていた。流行遅れのデザインで色は焦げ茶、とても花嫁の装いとは言いがたい。変装のために百年前の衣装箱から引っ張り出してきたのか、と尋ねたいくらいだった。

おまけに、たった今まで男と抱き合っていた、と言わんばかりに髪も乱れ……。

宿屋の主人にコンスタンと夫婦だと言い、ひとつ部屋に閉じ籠《こ》もっていた。それだけでも充分に不貞《ふてい》の証拠となる。サイラスには婚約を破棄することも、あるいはフランシーヌを処罰することもできた。

だが、しなかった。

理由は……。

扉を蹴破り部屋に飛び込んだとき、フランシーヌは信じられないくらい甘い瞳でサイラスをみつめた。そして、その漆黒に艶めく瞳は、一瞬でサイラスの心を虜《とりこ》にしたのだ。

結い上げていた髪がほどけたばかり、といった風情で栗色の髪がフランシーヌの肩を覆っていた。そのしどけなさに、抑えようのない欲情を覚える。

同時に、こうやってコンスタンも誘惑したのか、と思い……奴を殺してしまいたいほどの衝動に駆られた。

正体不明の激情がサイラスの身体中を駆け巡り、自分で自分が信じられないくらいだ。

彼の知るリュクレースの女性は、恋に積極的な女性が多かった。放蕩王子の異名は取っているが、奔放な女性は好みではない。

だからと言って、アップルトンの女性が特別に慎《つつし》み深いとは思っていない。

歴代の王族の妃たちも、その多くが愛人を作り楽しんできたはずだ。彼女らは、とりあえず結婚して夫に純潔を捧げ、間違いなく夫の血を受け継いだ子供を産む。そういった妃の義務さえ終えたら、あとは自由の身だ。

しかし、フランシーヌにそれは望めない。

彼女がいまだに純潔でいるとは思えなかった。

もちろん相手はコンスタンだ。ふたりの間には乗り越えられない身分の差があり、フランシーヌにはサイラスという婚約者もいる。だが、二十二歳まで放っておかれた彼女が、この先一生放っておかれるかもしれない――そんな不安に駆られ、身近な男性を愛し、身を委ねてしまってもおかしくはない。

コンスタンにしても同じだろう。特殊なケースを除き、なんの思いも寄せていない女性のために、見つかったら殺されることも承知で護衛に志願する男はいない。しかもあれほど魅力的な王女に仕えるとなれば……奴がフランシーヌに特別な感情を抱いて当然だ。

長年放置していたサイラスの責任も大きい。

とくに咎めるつもりはなく、束縛するつもりもなかった。

彼女に再会するまでは……。

フランシーヌの唇を目の当たりにすると、どうしようもなくキスしたくなる。彼女の唇にはチョコレートのような甘さと毒を感じる。これ以上はダメだと思えば思うほど、もっと欲しくなってしまう。

(まずいな……この感情は、甚《はなは》だまずい)

サイラスには彼なりの思惑があり、結婚を避けてきた。

正確には後継者を作ることを避けてきた、と言ったほうがいい。後継者がいれば、文句なくサイラスに次期王位が回ってくる。

だが、結婚もせず後継者も作らず、〝女好き夜会好きの放蕩王子〟と呼ばれ続けていれば、その限りではない。たとえ女王のひとり息子であったとしても、次の王位は清廉潔白《せいれんけっぱく》と評判の長姉の息子がなるべき、と声が上がるはずだ。

(それが一番なんだ。私が継ぐべきじゃない)

しかし、二国間の平和とリュクレース王国の安定のため、この結婚は避けられなくなった。

結婚はするが、本当の夫婦になるつもりはない。当然、後継者も作らない。そんな形だけの妻に欲望を覚えては、彼自身が困ったことになる。

サイラスが何も答えず祭壇を睨みつけていると、アーサーは独り言のように続けた。

「あんなドレスを作らせて、噂どおりの体形なら気の毒なことになる、と思っていたのですが、見事に着こなしておられましたね。むしろ、胸の辺りはドレスのほうが小さかったようで……」

まるで、胸の谷間を想像しながら話しているようだ。

そんなアーサーの表情に、サイラスはムッとして怒鳴ってしまう。

「余計なことは考えなくていい！　そもそも、私が指定したのは象牙色の生地だけだ。あんな……胸の開いた、教会にふさわしくないデザインにしろ、と言った覚えはない！」

普通に教会で行う結婚式に、胸の谷間が見えるドレスなどあり得ない。それは花嫁に恥をかかせるだけでなく、神に対する冒涜《ぼうとく》だろう。

サイラスはある事情から、フランシーヌに純白のドレスを着せたくないだけだった。

「そうですね。アップルトン国内に広がる彼女の噂といい、ドレスのデザインといい、我が国にも同盟反対派が潜んでいるのでしょう」

「ああ、そうだな。側近の中にも潜んでいるかもしれない……」

そんなことを言いつつ、アーサーが手にした木箱にチラッと視線を向ける。

「例の指輪、硫黄《いおう》を含んだ水に浸けたのはおまえだな？」

断定的なサイラスの言葉に、アーサーは一瞬だけ首を竦《すく》め……すぐにしれっとした口調で返してきた。

「皇太子殿下の計画を後押しさせていただきました。何か問題でも？」

もちろん、この男が反対派でないことくらい承知の上だ。

それに指輪の伝説はまったくの嘘ではない。ただ、伝説には裏があり、結婚を回避したいときの苦肉の策だと聞いている。

サイラスは今回その策を使う気はなかったので、色が変わっていたのは不意打ちだった。

「皇太子殿下の表情が変わったことで、あの指輪を見たリュクレースの人間は腰を抜かしそうなほど驚いていたじゃないですか。しかし一番の驚きは、あの事態で冷静に対処されたフランシーヌ様ですね。いやはや……」

アーサーは感心したようにうなずいている。

そんなアーサーに向かってサイラスは吐き捨てるように言った。

「……だからおまえは出世できないんだ。一生、エドワードの使いっぱしりでもしてろ」

「そっ、それはあまりな言い様ではありませんか？」

皇太子であるサイラスの結婚となれば国家の重大事。本来なら、アーサーではなく彼の上司に当たるクレイ公爵エドワードがサイラスに付き添うはずだった。

しかし、エドワードの強い希望でこのアーサーに変更されたのである。

アーサーは非常に優秀だが、自ら軌道を外れることができない性格だ。言われたこと、与えられた使命は着実にこなすが、腹が据わっていない。いくら頭の回転が速くても、アーサー自身の判断で指輪の色をこっそりと変えておくなど、実行できる男ではなかった。

裏で糸を引いているのはエドワードに違いない。

（エドワードならやるだろうな。計画を確実なものにするためなら、フランシーヌを怯えさせることくらい、気にする男じゃない）

「まあ、いいさ。さて、今から初夜、か……我慢できるかな？」

サイラスの呟きにアーサーの表情が変わる。

「本気ではありませんよね？　そもそも、こんな計画を立てたのは皇太子殿下ご自身ですよ」

「わかっている。それ以上言うな」

軍服の釦《ボタン》を外し、首回りを緩めてホッと息を吐く。

ほんの少し前、ふたりで歩いた白い絨毯の上を、今度はひとりで歩いて戻る。フランシーヌが隣にいないことに、奇妙な頼りなさを感じるサイラスだった。

☆　☆　☆

フランシーヌは最初に寝かされていた部屋に戻り、そのまま数時間が過ぎた。

あのサイラスの様子ならすぐにでもやって来そうだった。それなのに、一向に来ないのはどういうことだろう。

雀のようなみすぼらしい女が珍しくて、あんなふうに言っただけかもしれない。そうでなければ、コンスタンと夫婦を名乗った仕返しのつもりか。

(別に、サイラス殿下を待っているわけではないわ。そうではなくて……)

サイラスだけでなく、侍女のひとりもやって来ない。誰かを呼ぼうとしたが、彼の言ったとおり扉には鍵がかけられていた。

しかも、普通に呼んだくらいでは、誰もやって来そうになかった。

そのせいで、フランシーヌは絹タフタのウエディングドレス姿のまま、着替えることもできずにいたのだ。

この一年でフランシーヌは大概のことがひとりでできるようになった。

だが、貴婦人がひとりでドレスを脱ぐことはない。

いつまでかわからないが、フランシーヌは今、アップルトン王国の皇太子妃だ。妻がそんな真似をしたら、サイラスに恥をかかせるのではないか。そんなことを考え、着替えることを躊《ため》躊《ら》っていた。

(そんなこと、きっと気にされる方ではないのでしょうね)

自分の考え過ぎに気づき、フランシーヌは自嘲めいた笑みを浮かべる。

長時間、緊張状態にいたせいだろうか。彼女はとても疲れていた。モスリンドレスならそのままの格好で寛ぐこともできる。だが、絹のドレスではままならない。

(脱いでしまってもかまわないわよね?)

ひと晩中待っても誰も来ないかもしれないのだ。気持ちを切り替えるために大きく息を吐き、彼女はウエディングドレスを脱ぎ始めた。

そのとき、姿見に映る自分の姿にフッと笑みが零れる。

教会にはふさわしくないデザインだが、フランシーヌに与えられたドレスの中で、文句なく最上級の品だった。脱いでしまうのも、美しく結われた髪をほどくのも少し残念に思う。

だが、いつまでも花嫁の姿ではいられない。

(これでまた、地味な雀に逆戻りね)

ハイウエストのゆったりしたドレスだが、胸をより豊かに見せるため、多少は締めつけてあった。その部分をほどくと、さすがにホッとして身体の力が抜けるようだ。

ドレスの下は綿のシュミーズとペティコート。ペティコートの下にはリネンのドロワーズを穿《は》いている。着替えは何も持って来なかったが、彼女が着ていた白のモスリンドレスがあるはずだった。

着替えのことを思いついたとき、彼女はハッと我に返る。

（いやだ、もう……モスリンドレスを持ってきたあとで脱ぐべきだったわ）

鏡に映った下着姿の自分を見たとき、慎みのなさを感じて頬を赤く染めた。

そのとき、扉の外に人の気配を感じた。ハッとして振り返ると同時に、鍵の回される音が聞こえ……扉が開く。

「待って！　入ってこないでください！」

慌てて脱いだばかりのウエディングドレスで身体の前を隠した。

部屋に足を踏み入れたのは、思ったとおりサイラスだった。彼はすでに結婚式のときに着ていた軍服は脱いでいる。

白いシャツの襟に派手な赤いクラヴァットを結び、濃紺のベスト《ジレ》を身に着けている。下はベストと同色のブリーチズを穿き、足元は黒いエナメルの靴。

そんなサイラスは凍りついたように固まり、直後、唐突に笑い始めた。

「な、何が、可笑しいのです？　ご覧のとおり、着替えをしております。部屋から出て行くのが紳士ではありませんか？」

さすがのフランシーヌも毅然《きぜん》とは言い返せない。

下着姿を見られたことも恥ずかしいが、ひとりで着替えをしていたと知られるのは、もっと恥ずかしい。まさか、こんなことまで彼の企《たくら》みだとは思いたくなかった。

（わたくしにこれ以上恥ずかしい思いをさせても、なんにもならないもの。でも、だったらどうして笑ったりするの？）

ウエディングドレスを掴む手に力が入る。

「あーもう、とんでもない真似をしてくれる。――クソッ！」

サイラスは失笑しながら前髪をかき上げ、頬を歪めた。

笑いながら悪態をつかれても、フランシーヌには彼の真意がわからない。警戒心を露《あら》わにして、探るように彼の顔をみつめていると、ふいに近づいてきた。

「それが、あのコンスタンに教わった手管か？　それとも、他にも先生はいたのかな、王女様」

苛立たしげに言うなり、彼女の手首を掴んだ。

振り払おうとすると、もう片方の手首も掴まれ、ウエディングドレスは足元に落ちる。

「手を……放してください」

「扇情的なドレスの下は、実用的過ぎて色気のない下着だな。だが、絹の下着を見慣れた私には、かなり新鮮だ。しかも、恐ろしいくらい清楚《せいそ》に見える」

サイラスの勝手な言い分はともかく、『絹の下着を見慣れた……』という言葉に、フランシーヌは頬が熱くなった。

「いったい、何がおっしゃりたいの？　下着はわたくし自身のために着ております。あなたの目を楽しませるためではありません！」

「では、私が訪れるとわかっていて、脱いだのはなぜだ？　侍女の手も借りず……ああ、私が手をつけた侍女は周りに置きたくないと言う抗議か？」

「そんなつもりは……あっ、イヤッ」

サイラスの唇が近づいた瞬間、フランシーヌは顔を背けた。

だが、彼の唇は執拗《しつよう》に追いかけてくる。右、左、と交互に逃げるが、じきに捕まってしまいそうだ。そして一度捕まったら最後、もう離してはもらえないだろう。

フランシーヌが諦めかけたとき、サイラスの動きが止まった。

彼は大きく息を吐き、こちらを睨みつけて言う。

「なんで逃げる？　結婚の誓いを交わしたんだぞ。同盟をぶち壊しにする気か!?」

「そうでは……ありません。で、でも、わたくしの話も、聞いて……ください」

サイラスは大きな誤解をしている。フランシーヌとコンスタンが男女の仲だと思い込んでいることだ。

それに関して、おぼろげながら思い出したことがひとつある。

サイラスは宿屋に乗り込んできたとき、フランシーヌたちが共謀して御者を殺した、と言っていた気がする。

その誤解を正さなければ、たとえ短い間とはいえ、サイラスとの結婚生活など送れそうにない。

（きちんと説明したくても、サイラス殿下は耳を貸してくださらない。こういう場合はどうすればいいの？）

しかもシュミーズ姿のままで……。

フランシーヌのほうも、とても落ちついて話せそうにない。だが、このまま黙り込んでいるわけにもいかなかった。

「サイラス殿下は、誤解をなさっておられます」

「私が何を誤解している、と？」

「昨夜は……森を抜けてすぐ、馬車が傾きました。御者が弓矢で狙われたようで……気づかぬうちに、わたくしの身を案じてついて来ていたコンスタンが……た、助けて、くれたのです」

サイラスの顔を見ながら話すべきだ。そう思いつつ、フランシーヌはうつむいたまま、顔を上げることができない。

なぜなら、コンスタンのことを正直に話すわけにはいかないからだ。

彼女の立場で、コンスタンがついて来ていることを容認していた、とは言えない。ましてや、宿屋で愛の告白を受けた、など……論外だろう。

すると、少しずつ、少しずつ、サイラスがフランシーヌに身体を寄せてきた。彼に押されるようにして、ジリジリと後ろに下がっていく。

「では、アップルトンの兵士を見て逃げ出したのは？　おまえは私と結婚するために、ここまで来たんじゃなかったのか？　にもかかわらず、婚約者の差し向けた兵士より、〝ただの侍従武官〟を信用したわけだ」

トン、と壁に背中が当たり、それ以上は下がれないことを知った。

フランシーヌは口元をキュッと引きしめると、意を決してサイラスに訴えた。

「あのときは……辺りが暗くて、アップルトンの兵士だとはわかりませんでした。敵か……味方か……御者の胸に刺さった矢を見て、気が動転して……生きていれば弁明できる、死人に口なしだと言われて」

「コンスタンが、そう言っておまえを助けた、と？」

冷静さを取り戻したようなサイラスの声を聞き、フランシーヌの身体から緊張が解ける。

「そうです。おわかりいただけましたでしょうか、わたくしとコンスタンは……っんんっ」

ホッとして彼の顔を見上げた瞬間、唇を押しつけられていた。

祭壇の前とは違う、フランシーヌを誘うようなキス。彼はどうやらこの隙を狙っていたらしい。

唇を甘く食《は》まれ、下腹部に悦楽の波が起こった。波はじわじわと大きくなり、緩やかに押しては返してくる。

キスに理性を奪われ、フランシーヌは何も考えられなくなっていく。

「ず、ずる……い、です……話、を……」

「話すなとは言ってないぞ。いくらでも話せばいい」

ほんの少し唇が離れ、フランシーヌが抵抗しようとしたとき、

「そんな……あっ……どこを、きゃあっ」

シュミーズの上に掌《てのひら》が置かれ……ふいに胸を揉まれた。やんわりとくすぐるように指先を動かし、大きな手でゆっくりと揉みしだく。

いつの間にか彼女の両手は自由になっていた。

サイラスの腕や肩を掴み、押しのけながら逃れようと身を捩《よじ》る。だが、壁に体重をかけて押しつけられているので、手首を掴まれていたときより動きづらい。

しかも、薄い綿の上からとはいえ、男性の手で胸を揉まれているのだ。それはフランシーヌにとって生まれて初めての経験だった。

この状態で理論的に話すことなど、とてもできるものではない。

「御者を……殺した……者が、いま……す。わ……わたくし、たちでは、ありま……せ、ん。だから、犯人を……捜して……」

それだけは曖昧にしておけない。犯人を野放しにはできないし、濡れ衣を着せられてコンスタンが裁かれる可能性も出てくる。

だが、サイラスには彼女の真剣さが伝わらなかったようだ。

「犯人？　本当に捜したら、おまえのほうが困ったことになるんじゃないのか？」

「いいえ、わたくし……はぅっ……やぁ」

肩先を唇でなぞりながら、つーっと舌を這わせた。

ぬるっとした感覚に、頭の中が真っ白になる。

サイラスの舌は胸の谷間まで下りていき、襟ぐりが大きく開いたシュミーズまでたどり着いた。彼はシュミーズの端を軽く噛み、上目遣いでフランシーヌの顔をみつめる。

そして、ニヤリと頬を歪めた直後、一気に押し下げた。

染みひとつない白桃《ペーシュ》のような胸がシュミーズから弾け出て、サイラスの眼前に晒された。

「い……やっ……やめ……て」

「私に逆らうな！　同盟が結ばれなくてもいいのか？」

彼はフランシーヌを一喝したあと、露わになった胸を鷲摑《わしづか》みにした。長い指先が先端の突起を捉《とら》え、親指と人差し指で抓《つま》んで捏《こ》ね始める。

ふいに力を込め、ギュッと抓まれた瞬間――「痛っ！」と声を上げそうになった。

だが、すぐに親指の腹を押し当ててクルクルと回され、痛みが消えていく。

「そうだ。いい子にしていたら、気持ちよくしてやる」

彼女が逆らわずにじっとしていると、とたんに掌の動きが優しくなった。

大きな手に胸を包み込まれ、形が変わるくらい何度も揉まれた。緩やかな動きに下腹部がもぞもぞして、そのこそばゆい感覚が、少しずつ気持ちよく思えてくる。

「他の男とは違う、極上の悦《よろこ》びを与えてやろう」

その言葉にハッと我に返った。

「他の……男なんて、そんな、違う……違うので、す……コンスタンは……」

彼女がコンスタンの名前を口にした瞬間、サイラスは胸の先端に咥《くわ》えつき、コリッと歯を立てた。

「あっ、い……たぃ」

「初夜にこれ以上他の男の名前を聞くのは御免だ。いいかフランシーヌ、二度とコンスタンの名前は口にするな！」

言いながら、彼はフランシーヌをベッドまで引っ張って行く。

「サイ……ラス、殿下……乱暴な、ことは……」

そのまま勢いをつけてベッドの上に転がされる。フランシーヌはうつ伏せで倒れ込み、リネンのシーツに頬を押しつけた。

彼女が身体を起こそうとしたとき、サイラスが背中に覆いかぶさってきた。ほんの少し体重をかけ、動けないようにしたのだ。

あっという間にペティコートを剥ぎ取られ、下半身はドロワーズだけにされた。

ドロワーズは股の部分が縫い合わされておらず、その代わりレースのリボンで内股辺りを左

しまう。

右それぞれ三ヶ所ずつ結ばれている。
だがその程度では、充分に肌を隠せるはずがない。
もしこのまま、ドロワーズまで脱がされてしまったら、明るい中で大事な場所まで見られて
しまう。
夫婦の行為が肌を合わせることだとは知っている。サイラスにすべてを与えるつもりでいた
が、暗闇で密かに行われることだと考えていた。
(ドロワーズの下まで見られてしまったら、これから先、どんな顔をしてサイラス殿下と会え
ばいいの?)
なるべく見られないようにと、フランシーヌはキュッと太ももを合わせる。
「ああ、それでいい。これから初夜を迎える花嫁らしくしてくれ。他の男の名前を呼ばれたら、
私もついつい乱暴になってしまう」
それは、彼女を馬鹿にしたような言い方だった。
他の男性のことを言い始めるのはサイラスのほうだ。それなのに、どうしてフランシーヌが
叱られなくてはいけないのだろう?
彼は亡くなったフランシーヌの父と同じ、横暴な男性なのかもしれない。
(同じではないと思いたいけれど……もし、女子供を虐げる男性だったとしたら? 同盟を足
がかりに、幼い新国王など蔑《ないがし》ろにして攻めてくるつもりかもしれない)

信頼が揺らいできて、フランシーヌは恐ろしくなる。

だが今の彼女にできることは、サイラスの機嫌を取り、同盟を締結することだけだ。

そのためには「初夜を迎える花嫁らしく」しなくてはならないようだが、それがどんな態度のことなのか、彼女にはさっぱりわからなかった。

(アップルトン王国の花嫁は、特別なことをしなくてはいけないの？　一向に結婚が決まらなかったから、何も教わっていないのに……)

リネンを握りしめたまま、フランシーヌは泣きそうになる。

そのとき、背後から彼の手がドロワーズに触れた。思いがけず、優しい動きで太ももを撫で始める。

サイラスに触れられても、逃げ出したくなるほどの不快感はなかった。むしろ、彼に撫でられることは心地よい。

そう思ったとき、スルッとレースのリボンがひとつ、ほどかれたのだった。

「あ……あの、サイラス、殿下……脱げて、しまいます」

「脱がさなければ、夫婦の契《ちぎ》りは交わせないだろう？」

耳のすぐ後ろでささやかれ、フランシーヌはゾクッとした。

「では、灯りを……消してください……お願い、いたします」

今度はフフッと笑い声が聞こえてきた。

「残念だが、私は明るい中で楽しむ主義だ。そのほうが、女の啼き顔がよーく見えるんでね」

彼はどうあっても灯りを消す気はないらしい。そしてその返事とともに、サイラスはふたつ目のリボンをほどいた。

片方の内股を冷たい風が撫でていく。

直後、同じ場所をサイラスの掌に撫でられ、火傷《やけど》しそうなほど熱く感じた。

そして、とうとう三つ目のリボンもほどかれてしまい……。

「あっ……いや、いやです。見ないでください！」

「いいだろう。では、見ないでおこう」

サイラスの返事に安堵より不安を感じる。

その予感は当たった。彼はフランシーヌの秘所を見ようとはしなかったが、その代わり、大事な部分に指を押し込んできたのだ。

「ま、待って、触るのも……」

「おいおい、触らずにいきなり私のモノを押し込め、と？　荒々しいのは嫌いじゃないが、それではお互いに楽しめないだろう？」

彼の言葉の意味をじっくり考える余裕はなかった。

臀部《でんぶ》の谷間をなぞり、指先が奥に潜り込んでいく。夫婦のことについてはいろいろな想像をしていた。だが、実際に触られるとなると……。

羞恥心と好奇心がない交ぜになった不思議な感情が、フランシーヌの胸に広がっていく。それは、とても想像の範疇《はんちゅう》にはなかった。

サイラスの指先が彼女の割れ目をたどりながら、蜜口を探り当てる。

「はぁうっ……や、やぁ……そこは……」

反射的に太ももを閉じかけたが、一瞬早く、彼の膝が両脚に割り込んだ。脚を閉じたくても閉じられなくなり、彼の膝の幅だけ、股が開いた格好になる。

次の瞬間、蜜壺に指がツルンと滑り込んだ。

「あうっ!!」

クチュッと小さな音が聞こえた。すると、彼の指の動きに合わせて、フランシーヌの躰はさらにクチュクチュと音を立て始める。

「ああ、なるほど、胸を揉まれて感じてたわけだ。たしかに、これなら一気に押し込んでも大丈夫だったかもしれないな」

彼女を貶《おとし》めるような言葉とは裏腹に、サイラスの指はとても優しい動きをしていた。

ゆるり、ゆるりと膣口を掻き混ぜ、フランシーヌの躰をほぐしていく。一度は落ちつきかけた官能の波が、ふたたび大きく打ち寄せ始めた。

それは、胸に触れられたときとは比べものにならない快感だ。

（こんなふうに……気持ちよくなるなんて、ウラリーも……他の侍女たちも教えてくれなかったわ。サイラス殿下に、任せておけばいいって……それは、こういう意味だったの？）

フランシーヌが十八歳になったころから、時折、夫婦の閨《ねや》でのことを教わった。

誰もが口にしていたのは『ベッドの上では何があっても我慢しなければなりません』ということ。しかしこういった種類の我慢だとは、誰も教えてはくれなかった。

彼女は力いっぱいリネンを握りしめる。

指は第一関節まで入っているだろうか。軽く曲げて内側をこする。蜜壁を引っ掻くように愛撫され……ふいに小水が漏れてしまうような感覚に包まれた。

サイラスの指から繰り出される悦びに、我慢できずに堕ちてしまいそうだ。

「うっ……くっ……サ、イラス、殿下……もう、お許し、くださ……い」

これ以上刺激を与えて欲しくなかった。

だが、サイラスには伝わらなかったらしい。

「なんだ、膣内《なか》だけじゃ足りないのか？　ずいぶん、淫らに開発されたものだな。仕方ない、こっちも触ってやろう」

「え？　あ……あぁっ……や、いや、あっんっ……んんっ！」

蜜に濡れた指が栗色の茂みをかき分け、女淫へと吸い込まれていった。

花びらを緩々と撫で、奥に潜んだ花芯を引っ張り出そうとする。直接触られ、淫芽は瞬《また》く間に硬く尖った。熱い指で抓まれ、敏感な部分に強い刺激を受ける。

「そこ……そこは、ダメです。ダメなのです。もう、我慢でき……な、い」

とても耐えきれず、フランシーヌの肢体《したい》はピクピクと痙攣《けいれん》した。

蜜穴がきゅうっと締まり、同時に、じわじわと熱い液体が流れ出てくるのがわかる。彼女の蜜窟から溢れ出た液体は、疑いようもなくサイラスの手を濡らしていた。

（ああ……脚の間が温かい……ヌルヌルして……わたくし、粗相をしてしまったのだわ）

あれほど我慢するように言われていたのに、想像以上の快楽に制御できなかった。王女らしからぬだらしなさに、フランシーヌは打ちひしがれる。

羞恥に脚を閉じようとするが、サイラスの膝が邪魔をしたままでそれもできない。

サイラスは一瞬だけ動きを止めた。だが、すぐにまた指を動かし始めたのだ。

彼女の粗相に気づかなかったはずはない。ぬめりを秘所にこすりつけるようにしながら、グチュグチュと音を立て続ける。

それはフランシーヌにわざと聞かせているようだった。

「こんなに濡らして、恥ずかしいとは思わないのか？」

「申し訳……ありません。どうか……お許しくだ……さい、ま……あ、あん、あっ……あぁっ！」

粗相を責められては、フランシーヌにすれば謝る以外にない。

だが、彼女が謝罪を口にすると、サイラスはますます怒りを露わにした。

「ほう、認めるか。では、おまえはいつもこんなふうに濡れるのだな？」

指の動きが激しくなる。

花芯を強く弄られ、前後に激しくこすられた。ふたたび熱が高まってきて、温もりが割れ目を伝い、茂みまで濡らしていく。

「いいえっ！　こん……あっ、あぅ、いや……あ、こんなこと……初めてで……あっ、やっ、また……ああーっ」

フランシーヌはリネンに顔を押しつけるようにして叫んでいた。

夫婦がベッドで行うことに、これほどまでの快楽が潜んでいたとは。こんなことをサイラスに教え込まされてしまったら、ひとりになったとき、自分はどうすればいいのだろう。

（誰か……他の男性を見つける、とか？　いいえ、わたくしはサイラス殿下の妻として添い遂げることを、神様に誓ったのよ。たとえ……殺されたとしても、わたくしにとって夫はこの方だけ……）

悦びの余韻に浸るフランシーヌの心に、サイラスに向かう仄《ほの》かな思いが芽生え始める。だがそれは、命の危険と隣り合わせの思いだった。

その感情は、恥ずかしい姿を見られてしまったゆえのことかもしれない。あるいは、他に理由があるのか、彼女自身にもよくわからない。

今のフランシーヌにたしかなことはひとつだけ――。

(もっと、傍にいてほしい。わたくしのすべてを奪い、彼のすべてを教えてほしい)

直後、サイラスは彼女の身体からスッと離れた。

ベッドの上にひとりきりで残され、半裸の身体に肌寒さを感じる。

彼がベッドから下りたことはわかった。いったいどうしたと言うのだろう。このまま、部屋を出て行くのだろうか。それは、フランシーヌの反応が気に入らなかった、と言うことなのか。

泣き出してしまいそうなくらい、胸が苦しくなり……。

フランシーヌは勇気を出して身体を起こし、振り返った。


サイラスは暖炉《だんろ》の前に立っていた。

暖炉のすぐ横の壁には二本に短剣がクロスして掛けられている。二本とも金の柄をしていて、それぞれルビーとサファイヤが埋め込まれていた。鞘《さや》も金でできているようだ。豪華な作りの短剣であったため、ただの装飾用だと思い込んでいた。

だが、その短剣のひとつをサイラスは摑んだ。

「あ、あの……サイラス殿下？　何を、なさっておいでなのです？」

「それを私に問うのか？　こんなふうに乱れたのは初めてだと告白しながら……本気で何をされるかわからない、と？」

サイラスの青い瞳が鋭く光った。

そして、大股で部屋を横切り、フランシーヌのすぐ近くまで戻ってくる。

「……サイラス、殿下……」

彼の名前を口にするのが精いっぱいだった。ただならぬ気配がサイラスを取り巻いている。

それは、怒り、嘆き、憎しみのようにも感じられた。

「フランシーヌ、おまえにふさわしい罰をくれてやろう」

「……え？」

次の瞬間、サイラスはルビーの埋め込まれた柄を握り、鞘から短剣を抜き放った。

第三章　屈辱の初夜

十二年もの間、彼の妻になる日を思い描いてきた。

十歳のフランシーヌに、彼女の容姿が雀のように地味で華やかさに欠けると教えてくれた男性。彼の言葉に酷くショックを受けたはずなのに、神々しいまでの美しさが忘れられずにいた。

そしてサイラスのよくない噂を聞くたび、心を痛め……。反面、多くの女性から愛されているその男性は自分の婚約者なのだ、と密かに喜んでいた気がする。

婚約を破棄されることがありませんように、一日も早く輿入れの日がきますように——誰にも言わず、心の中で願っていた。

周囲の心配をよそに、サイラスに会いたいと思う自分の気持ちがわからなかった。だが彼に触れられたとき、その思いの正体に手が届く気がして……。

結局、今もわからないまま、ただ混乱している。

いったい、自分の何が悪かったのだろう？

乳母の教えが守れず、我慢できずに彼の指だけで悦びを得てしまったせいだろうか？

それとも初めから、サイラスの目的はフランシーヌの身体を翻弄《ほんろう》するだけだったのか。正式な妻にはせず、殺してしまうつもりだったとしたら……。

フランシーヌは毅然として顔を上げ、近づいてくるサイラスを真正面から見据えた。

「最後にお聞かせください。サイラス殿下は同盟に反対されておられるのですか？」

「どういう意味だ？」

「言葉どおりの意味です。もしそうであれば……御者を殺し、わたくしを馬車ごと始末しようとなさったのは、サイラス殿下でしょうか？」

サイラスはずっと結婚から逃げ続けていた。今回、女王命令で渋々やって来たのは明らかだ。

なぜなら、ふたりの結婚によって、サイラスにアレクサンドル新国王の摂政の地位と、王位継承権が与えられるためだ。女王はそれを望んでいる。

サイラスとフランシーヌの結婚が成立しなければ、同盟は締結しない。

しかしサイラスはどうだろう？

同盟の可能性が消えれば、結婚の必要もなくなる。

または、リュクレース王国に残った唯一の独身の王女――フランシーヌが死んでしまえば、女王の望むものは手に入らなくなるのだ。

「わたくしが昨夜死んでいれば、こんな、茶番のような結婚式をしなくてもよかったのですから……」

「おまえにとっては、とんだ茶番なんだろうな」

「違います！　そうではなくて……サイラス殿下!?」

彼はシャツの袖《そで》を捲《まく》り上げ、腕の外側に短剣の刃を押し当てた。

その腕をベッドの上に翳《かざ》すなり、力を込めたのだ。腕の筋肉が張り詰め、刃を当てた部分が裂けて数滴、血が滴り落ちる。見る間に、白いリネンに真っ赤な染みができた。

「いったい、何をなさりたいのです？」

サイラスは短剣を鞘にしまい、「本気でわからないのか？」と尋ねてくるが、フランシーヌには見当もつかず、無言で首を左右に振ることしかできない。

彼は憮然とした表情を浮かべ、短剣を壁に戻すなりクラヴァットを片手で外した。

「私はこれでも皇太子だ。初夜のシーツが綺麗なままでは、格好がつかない」

クラヴァットで傷口を縛り、苛々した様子でシャツの袖を戻している。そんな乱暴な仕草を、彼女はきょとんとした顔でみつめるだけだ。

だが、それがサイラスの癇《かん》に障《さわ》ったらしい。

「わかった、じゃあハッキリ言おう——おまえのような女に、清らかな血は期待できまい？侍従武官のお古を妻にするのは不本意だが……女王陛下の命令とあらば、受け入れるしかない」

ようやく、サイラスの行動の意味を理解した。

彼はフランシーヌの言葉をまったく信じておらず、婚約者がいながらコンスタンと密通したと思い込んでいるのだ。

一瞬で頭に血が上り、お酒を飲まされたときのように呼吸が速くなる。

「このリネンのシーツを見れば、侍女たちもおまえを皇太子妃として扱うだろう。お互いの名誉のためだ」

そのまま部屋から出て行こうとするサイラスを、彼女は慌てて呼び止めた。

「そ、そんなふうに思っていらっしゃるなら、どうして……わたくしの、身体に……あ、あんなこと」

「念のために確認した」

そう言うとつかつかと戻ってきて、フランシーヌの頬に触れた。

彼女はビクッと身体を震わせるだけで、その手を払いのける力が出てこない。

「案の定、指だけで昇り詰めるような、いやらしい女になっていたな。どうした、フランシーヌ。途中でやめたから、物足りないんだろう？　おまえが、どうしてもと望むなら……抱いてやらないこともない」

サイラスの嘲笑を受け、彼女の胸に王女の誇りが甦《よみがえ》る。

フランシーヌは自分に触れる思わせぶりなサイラスの指を、力いっぱい払った。

「お断りいたします！　わたくしから、あなたを望むことはありません。あなたが、どうしてもとおっしゃるなら、妻として……仕方なく応じます」

横を向き、努めて冷ややかな声で答えた。

彼の口元から、ギリギリと歯軋りが聞こえ……。

「――覚えておこう」

そう呟くなり、サイラスは部屋から出て行くのだった。

快楽の名残を受け、脚の間に冷たさを感じる。フランシーヌがうつむいたとき、目の端に偽りの破瓜《はか》の血が映った。

あんなにも感じて乱れてしまった自分自身が恨めしい。

悲しくて、切なくて、声を殺して泣くことしかできなかった。

☆　☆　☆

結婚式から二日が過ぎた。

サイラスがフランシーヌの部屋を訪れることはなく、彼女はひとり寝の夜を重ねている。

『このリネンのシーツを見れば、侍女たちもおまえを皇太子妃として扱うだろう』

そんな彼の言葉は完全に予想を外した。

ジェシカを筆頭に侍女たちは、『一夜も持たずに捨てられたリュクレースの王女』と呼び、フランシーヌを蔑んでいる。

だが、どんな嫌みを言われても、フランシーヌは否定しなかった。なぜなら、彼女自身が『捨てられた』と思っていたせいだ。

いつまで、この宮殿に滞在しなければならないのだろう？

次はどこに連れて行かれるのだろう？

サイラスに尋ねたかったが、フランシーヌにはそのチャンスもない。他に教えてくれそうな人もおらず、そんなとき、やって来たのがアーサーだった。

「船の準備が整いました。本日、ドグルターニュ港を出て、明日の夕刻、アップルトン王国フエアフィールド州にある港に入ります」

両国の間にあるシアラ海峡は一番距離の短い部分を通れば、半日もあれば到着する。だが、アーサーの言う航路を辿《たど》る場合、一日半はかかると言う。

フランシーヌは船に乗るのも、異国に行くのも今回が初めてだ。

革命前、サイラスとの結婚を夢見ていたころ——敵国に嫁ぐことは不安だったが、フランシーヌには大国の王女としての誇りがあった。

たとえ国家間の都合を最優先にした政略結婚だとしても、自分は王女として望まれて嫁ぐのだ。どれほどサイラスにふさわしくない容姿であったとしても、彼に数多《あまた》の愛人がいたとしても、皇太子妃の自分が粗略に扱われることはないはずだ、と。

だが現実は、彼が気まぐれに手をつけたのであろう侍女にすら、馬鹿にされている。

「船……ですか。船旅は初めてです」

フランシーヌがポツリと呟くと、アーサーは小さく笑った。

「船旅と言うほどの距離ではありませんよ。天気はよいという話ですし、海の上を楽しんでください」

「楽しむ？　でも、海の底は深くて、落ちたら助からないと聞きました。わたくしは泳げないので、そのまま沈んでしまうのでしょうね」

アーサーに不満があるわけではない。

ただ、二日が過ぎてもサイラスに対する怒りが冷めやらないだけだ。

（こんな悲観的な愚痴をグレアム卿に言ってどうするの？　どうせ聞かせるのなら、サイラス殿下にすべきだわ）

それがわかっていても、『ありがとう。楽しみです』などと言った、王女らしい受け答えをする気分にはなれなかった。

「仰せのとおり、落ちたら無事では済まないでしょう。危険を察知されたときは、甲板《かんぱん》にはお出にならないことをお勧めします」

彼は一瞬目を丸くしたが、さすが皇太子の結婚で付き添い人を務めるほどの人物だ。女王やサイラスの信頼も厚いのだろう。

さりげなく、フランシーヌの身を案じる言葉を口にしつつ、事故に見せかけて海に落とされたくなければ甲板には出るな、と言っている。

「その用心は、サイラス殿下とご一緒のときも、かしら？」

「皇太子殿下は船に慣れておいでですし、泳ぎも達者な方です。フランシーヌ様を危険な目に遭わせることはないと思われます……おそらくは」

「そう……ですか」

フランシーヌの不安は募る一方になる。

だが、いつまでも怯えた表情でいるわけにはいかない。

「では、サイラス殿下がご一緒なら安心ね。海の上を楽しむことにしましょう」

精いっぱいの強がりを見せ、アーサーに向かってにっこりと微笑んだ。


宮殿から馬車で出発して、ドグルターニュ港に向かった。

ドグルターニュ港はアップルトン自治区内にある。そのため、フランシーヌはどういった港か聞いたこともなかった。

使用頻度は少ないはずなので、寂《さび》れた港を想像していた。だが、ドグルターニュ港は意外にも設備が整った大きな港だった。おそらく、リュクレース側には長年、意図的に隠されてきたのだろう。

その港に、この日はリュクレースの大臣たちが整列していた。

大臣たちの中からひとり、結婚式にも列席していたナゼール・ド・ボードリエ宰相が、フランシーヌに向かって近づいてくる。

アップルトンの皇太子妃となり、旅立つフランシーヌ王女に政府を代表してお祝いの言葉を述べる、ということらしい。

「このたびはご結婚おめでとうございます」

「どうもありがとう。他の大臣の方々にも、見送り感謝します」

彼女は姿勢を正して軽く会釈した。

用意された真紅のコート・ドレスは上質なウール・フラノだ。軽く柔らかなフランネルの中でも厚手の生地で、リュクレースではブーツにも使われている。その生地でコート・ドレスを仕立てているのだから、アップルトンはよほど寒いのだろう。

下に着た生成《きな》りのモスリンドレスは、ウエディングドレスにも負けないくらい襟の開いたデザインだった。

サイラスはフランシーヌのことを娼婦のように思っているのかもしれない。そう思うだけで、どれほど立派なドレスを用意されても、彼女の心は一向に晴れなかった。

だが、次にボードリエ宰相が口にした言葉に、ようやくフランシーヌの顔にも笑顔が浮かぶ。

「昨日、二ヶ国間で同盟が締結されました。不幸な歴史は水に流し、両国の平和と経済発展のため、今後は友好的な関係を築くことになるでしょう」

「それは、とても嬉しく思います」

心から安堵して、フランシーヌはどうしても気になっていたことを尋ねた。

「宰相殿、アレク……新国王陛下はいかがお過ごしでしょうか？」

泣いてはいないか。寂しがってはいないか。アレクサンドルにもう一度会うことはできないか。たくさん聞きたいが、迂闊《うかつ》には聞けないことばかりだ。

（新国王となるアレクの名誉を守らなくては。わたしがいなければ何もできないような、軟弱な少年とは思わせるわけにはいかない。サイラス殿下は……敵でなくなったとはいえ、味方でもないのだから）

すぐ傍に立つサイラスの横顔にチラッと目をやる。その表情からは何も読み取れなかった。

「陛下は王宮にて健やかにお過ごしです。皇太子妃殿下のご結婚を非常に喜ばれておられました」

「そうですか……」

ボードリエ宰相も言葉を選び選び、口にしているようだ。

そのとき、サイラスが口を挟んだ。

「二ヶ月後には戴冠式《たいかんしき》を行う。摂政として私も出席する予定だ。そのときには妃も同伴することになるだろう」

フランシーヌは驚いた。

「本当に、わたくしも戴冠式に出席できるのですか？」

縋るような視線を受け、サイラスは彼女の耳元に唇を寄せる。

「そのときまで、おまえが妃でいた場合は、だ」

浮上しかけたフランシーヌの心は、一気に地面まで叩き落とされた。

「それは……二ヶ月後にはあなたの気持ちが変わっているだろう、とおっしゃりたいの？」

「私の？　まさか、おまえ自身のことだ。もうすでに、後悔してるんじゃないのか？」

吐き捨てるように言い、サイラスは背中を向けた。

その態度には、フランシーヌの言い訳は聞きたくない、とでも言わんばかりの横暴さが漂っている。

（これ以上、わたくしを蔑んでどうなさりたいの？　結婚したというのに、まだコンスタンと逃げるつもりでいる、とでも思っているのかしら？）

サイラスの言動は、今もフランシーヌを疑っているとしか思えない。この状態では、何をどう説明しても聞き入れてはくれないだろう。

彼女は釈明を諦め、静かに口を閉じる。

「フランシーヌ様、そのまま皇太子殿下の後ろを歩き、船に乗り込んでください」

背後からそっと指示したのはアーサーだった。

船に渡された木の橋は、手すりの綱を張られているもののどうも歩きにくい。下は海だと思うと余計に力が入ってしまう。

一歩一歩ゆっくりと進むが――。

「キャッ！」

ふいに足元が揺れ、フランシーヌは前のめりに倒れそうになる。

そんな彼女の身体を誰かが抱き留めてくれた。

「気をつけろ。転んで海に落ちたら、怪我だけでは済まんぞ」

サイラスだった。

彼はずいぶん前を歩いてはずだ。いつの間に、しかもどうして、フランシーヌに手が届く距離まで戻ってきたのだろう。

「申し訳……ありません」

フランシーヌの声は震えていた。

彼女の話を聞こうともせず、酷い言葉で罵《のの》り続ける。おまけに、侮蔑に満ちた視線しか向けてくれない。

そんなサイラスなのに、こうしてフランシーヌに触れる指先はどこか優しい。

（こんなふうにされたら、勘違いしてしまうわ）

トクンと胸がときめいて、フランシーヌは惹かれていく心を抑えることができなかった。

☆　☆　☆

大型帆船《クリッパー》の甲板に立ち、フランシーヌは見えなくなったリュクレース王国の方角をじっとみつめていた。

乗船してしばらくは船室にいた。もちろん、ひとりで……。

そこは皇太子専用の船室と言われ、アップルトンまでの一日半、サイラスとふたりで過ごすのだろう、と思った。

あの調子で責められ続けるのだとしたら気は重い。だが、一緒にいることでサイラスも彼女の話を聞いてくれる気になるかもしれない。

しかし、そのわずかな期待は、あっという間に裏切られた。

『サイラス様に、侍女の部屋を聞かれたのでお答えしておきました。でも、個室じゃないんですよねぇ。行きはこの部屋が使えたんですけど……』

ひとり分のお茶を持ってきてくれたジェシカの告白に、フランシーヌは追い立てられる気分で船室を出たのだった。

船室にベッドはひとつしかない。サイラスとジェシカが親密に過ごしたベッドで、平然と眠れるほどフランシーヌは図太くはなかった。

（それくらいなら、ひと晩中でも甲板にいたほうがいい……その間、ふたりで船室を使えるのだから、文句はないでしょう）

言い出せばきりのないことかもしれない。

あのエリュアール宮殿でフランシーヌが寝かされていたベッドでも、サイラスが誰かと過ごした可能性は高い。これから向かう、アップルトン王国のイーデン市にある王宮でも同じことだろう。

十二年間、噂を聞くたびに覚悟を決めてきたはずだった。それなのに、いざ結婚して目の前に夫の恋人が現れたら、心がざわめいてどうしようもない。

フランシーヌのことは弄《もてあそ》ぶだけ弄び、破瓜の血を偽装してまで途中で放り出した。

それ以降はろくに顔を合わせてもくれない。

自分が地味で魅力のない女だということはわかっている。革命が起こる前でも、夜会で若い男性から声をかけられた例《ためし》はない。ただ、飛び抜けた特長がないだけで極端に酷いわけではない、と自らを慰めてきたが……。

このサイラスの態度を思えば、どうやら違うらしい。

(女性なら誰でもいいようなサイラス殿下に、ここまで避けられているのですもの。わたくしの身体は、男性が触れるのも躊躇うくらい醜いのね)

コンスタンはそれをわかっていたのかもしれない。だからフランシーヌが傷つかないよう、誘惑めいたことを言ってくれたのだ。

海風に吹かれて、茶色の髪が数本、彼女の目の前を靡《なび》く。

この髪がもっと美しい、あるいは珍しい色をしていたら、サイラスも少しは興味を持ってくれただろうか。そんな愚かなことを考えてしまう。

王女——今は、アップルトン王国の皇太子妃として毅然と前を向いていなくてはいけない。

それなのに、視線は徐々に下を向き、海面をみつめたままになる。

海の色は鮮やかな青だと思い込んでいた。きっと、どこかでそんな絵を見たせいだろう。だが、本物の海は薄暗い灰色だった。

それとも、世界のどこかには鮮やかな青い海が存在するのだろうか？

美しい青い海を夢見るように、フランシーヌはサイラスとの結婚に夢を描いていた。

でも現実は……彼との結婚は灰色の海に飛び込むことに等しかった。

(わたくしがサイラス殿下にふさわしい容姿をしていたら、目の前に広がる海は鮮やかな青色に見えたのかしら？)

王女の身分もすでにないに等しい。最後の拠《よ》りどころにしていた、幼い弟を守らなくては、ということも考えなくてよくなった。同盟は締結し、アレクサンドルは無事王位に就いたのだから。

もう誰も、フランシーヌを必要としていない。

彼女に残されたサイラスの妃としての立場は、すでに風前の灯だ。

サイラスはフランシーヌとコンスタンの仲を疑った挙げ句、ちっぽけな誇りすらベッドの上で粉々に砕いてくれた。

悲しくて、切なくて、灰色の海に吸い込まれそうになったそのとき――。

「きゃっ……いや、です……やめ、て」

小さな悲鳴に続いて、泣きそうな女性の声が聞こえてきた。

いったい何が起きたのか、フランシーヌは辺りを見回す。

船倉に向かう階段の手前に、木製の樽が並んで置かれていた。並んだ樽の隙間から白い脚が見え、フランシーヌは息を呑む。

「気取るなよ。皇太子付きの侍女は、全員、殿下のお手つきだって聞いたぜ」

「ち、違います！　そんな、そんなこと」

女性……というより、少し舌足らずで幼い少女の声に聞こえた。

おそらく、フランシーヌがウエディングドレスに着替えたとき、手伝ってくれた侍女のひとりだろう。

腰まである長い髪はフランシーヌより金色に近い栗毛で、ゆったりと三つ編みにしていた。丸顔で背も低く、美しいと言うより愛らしい少女だった。

あんなに若い少女までサイラスの恋愛対象なのだとしたら、自分はどれほど性的魅力に欠けるのだろう。それを考えると気が重くなる。

「なんだ、その目は？　僕はこれでも男爵なんだぞ。おまえのような娼婦同然の侍女とは身分が違うんだ！　相手にしてもらえるだけでも、ありがたく思え！」

「……きゃっ」

小さな悲鳴とともに、パシンと平手で叩く音が聞こえた。

すぐに少女の泣き声が聞こえてきて、フランシーヌは思いきって駆け寄る。

もし、このふたりが密会しているのだとしたら、フランシーヌは余計な口を挟まないほうがいい。男女のことは複雑で、他人が簡単に首を突っ込める問題ではないのだ。自分自身に経験はなくても、この歳まで宮廷にいたのだから、それくらいのことは心得ている。

理不尽な関係を目にしても、何も言わず、見えないふりをすること。

それは宮廷で過ごす者たちにとって、暗黙の了解事項だ。

だが、今は違う。男は明らかに、嫌がる少女に向かって手を上げた。

「おやめなさい！　あなたは……グレアム卿の部下の方ですね？　たしか、フロックハート男爵……男爵位にある者が女性に乱暴するなど、許されないことですよ」

ふたりの前に飛び出し、フランシーヌは声を上げる。

マイケル・フロックハート男爵は少女の上に馬乗りになっていた。一度では気が済まなかったのか、さらに手を振り上げている。

すると、マイケルはゆっくりと少女から離れ、立ち上がった。

「これはこれは、リュクレースの王女様じゃありませんか。でも、ひとりで船内をうろついていらっしゃるとはねぇ」

とくに慌てるでもなく、マイケルは平然とした顔で言葉を続ける。だが、どことなく頬が赤い。目もトロンとしている。それはお酒を飲んで酔っている人間特有の顔だった。

「あーたしか、皇太子殿下は王女様に、船室から出ないように、とおっしゃってましたよね？　それが甲板に、しかもひとりでいたことをお知りになったら、どう思われるかなぁ」

その言い方は、まるで声をかけた彼女のほうが悪いことをしていたみたいだ。

フランシーヌは毅然として言い返した。

「男爵に、わたくしの心配をしていただかなくてもけっこうです。あなたのことは、サイラス殿下やグレアム卿に報告させていただきます。さあ——一緒に行きましょう」

少女を助け起こそうと思い、フランシーヌは声をかけながら歩き出す。

マイケルは眉を顰《ひそ》めたあと、素早く、座り込んだままの少女に手を差し伸べた。

「ふーん、なんと報告されるおつもりですか？　僕らは楽しんでいただけですよ。そうだよね、僕の可愛いスージー」

勝ち誇ったようなマイケルの態度に、フランシーヌはドキンとした。

侍女たちはみんな、まともに口をきいてくれないくらい、フランシーヌのことを嫌っている。このスージーも同じだ。彼女がマイケルの言葉にうなずけば、フランシーヌのほうが間違っていることになってしまう。

だが予想に反して、スージーはマイケルの手を振り払い、フランシーヌに飛びついてきた。

「楽しんでなんていません！　あ、あたしには、ちゃんと結婚相手が決まってるんです。それなのに、遊んだりなんて……で、殿下とも、そんなこと」

「嘘を言うな！　皇太子殿下がお付きの侍女全員に手を出してることは、イーデン市に住む貴族なら誰でも知ってることだ。今さら……」

「本当です！　本当なんです、王女様。あたしはただ……王女様と仲よくするな、話をするなと言われて」

そこまで言ってスージーはハッとした顔になり、口元を押さえた。

「わたくしと話をするな、そう言われたの？」

誰から言われたのか尋ねようとしたが——。

「この嘘つき女め！」

マイケルが形相を変え、スージーの腕を摑もうとしたので、フランシーヌはとっさに割って入った。

そのまま、スージーの身体をマイケルから遠ざける。

「行きなさい！　サイラス殿下か、グレアム卿を呼んできなさい！」

フランシーヌが叫ぶと、スージーは身を翻《ひるがえ》した。

甲板でこれだけの騒ぎを起こしているのだ。すぐにも誰かが飛んできそうなものだった。

しかし、大型帆船のわりに乗組員も乗客も少ないせいだろうか、誰かが駆けつけて来る気配もない。

彼女が周囲の気配を窺《うかが》っていたとき、

「ずいぶんと余計なことをしてくれたじゃないか」

地を這うほど低い声が辺りに響いた。

マイケルの怒りに満ちた声色に、フランシーヌはゾクッとする。酷く怒らせてしまったらしい。だが、悪いことをした覚えはなかった。

（結婚相手は決まっているとスージーは言ったわ。それに、男爵は彼女に手を上げたのよ。わたくしは間違ってなどいないわ！）

彼女は黒い瞳に力を籠め、マイケルを睨み返す。

「スージーも本当は楽しんでたんだ。王女様の前だからあんなふうに拒絶しただけさ。それくらいわかるだろう？　侍従武官とたっぷりお楽しみだったんだから」

「言葉を慎みなさい！　わたくしはサイラス皇太子の妃ですよ。かつて、わたくしに仕えてくれたコンスタン・マリエット准将は、侍従武官としての役目を果たしただけです。あなたのような俗物とは違います！」

言ったあとで、最後の言葉は余計だったと唇を噛みしめる。

案の定、マイケルの怒りに油を注いでしまったようだ。

「何が皇太子妃だ。どうせすぐに捨てられるくせに」

その言葉にカッとした。

「たとえそうであっても、捨てられるまでは皇太子妃です。男爵にすぎないあなたに、侮辱される覚えはありません！」

普段ならもう少し冷静に対応できるはずだった。だが今は、心が底をついてしまっていて、マイケルの些細な侮辱にも過敏に反応してしまう。

だが、酔っぱらった男性にこの対応はまずかった。フランシーヌが激情に駆られて叫んだ瞬間、マイケルは飛びかかってきたのだ。

フランシーヌはびっくりして、甲板の手すりギリギリまで後退する。

「男爵にすぎないだって？　僕は……代々続く名門キャボット伯爵家の後継ぎなんだぞ。それなのに、あんな成り上がりの下につけられるなんて……冗談じゃない！」

一瞬なんのことを言われているのかわからなかった。

だがマイケルの言葉から想像できることがひとつ……。どうやら、彼は最初から今回の同行に不満を持っていたということ。その理由が、彼の上司にあたるアーサーの存在だ。

アーサーの家も伯爵家と聞いたが、歴史や家格が違うらしい。生まれたときからキャボット伯爵家の後継者だったマイケルに比べ、グレアム家はアーサーが生まれたとき、単なる商家だったと言う。

一商人が伯爵に取り立てられたということは、よほど国家に対する功績が大きかったのだろう。国益に影響するほどの資産があるからこそ、女王も貴族に取り立てたのだ。

「ですが、それは……グレアム卿が、優秀な方だという証になるのではありませんか？」

フランシーヌはおずおずと口にするが、マイケルは納得しようとしなかった。

「奴が優秀なんじゃない！　皇太子殿下の右腕と言われるクレイ公爵に、妹を使って取り入っただけだ」

サイラスの側近にアップルトン王国の外交を一手に担うクレイ公爵エドワードがいる。フランシーヌも顔を合わせたことがあった。

威厳があって見た目以上の堅物。そんな評判を聞いていたが、まさにそのとおりだった。自国の皇太子妃にふさわしいかどうか、値踏みするような視線を向けられ、フランシーヌは膝が震えたことを覚えている。

そのエドワードが数ヶ月前に結婚した相手が、アーサーの妹ヴィクトリアだ。

「あの男は僕を見下すために、公爵夫人となった妹を通して今回の実務に引っ張り出したんだ。しかも自分の部下に！　商人の息子なら金のために働いて当然だろうが、僕は働く身分じゃないのに」

「フロックハート男爵、任務にご不満なら、きちんと務めを果たした上で、サイラス殿下に申し上げるべきです。年若い侍女にその苛立ちをぶつけるなど、もってのほかですよ！」

手すりを摑み、後ずさりしながら、フランシーヌはマイケルを睨み続ける。

「任務？　さあ、アーサーはコソコソやってるみたいだけど、僕には何も知らされてないなぁ。たぶん、女王に強いられた不本意な結婚をどうやって解消するかってことだろうけど……」

マイケルが一歩近づき、それに合わせてフランシーヌも一歩後退する。

そのとき、彼女の腰辺りに麻縄が触れた。行き止まりだとわかったが、マイケルの敵意はあからさまで、逃げずにはいられなかった。

「それ以上、わたくしに近寄ってはいけません！　男爵は、少しお酒を飲んでいらっしゃるようね。これ以上のお話は、あなたの酔いが醒めてからにいたしましょう」

そう言って話を終わらせようとしたが、彼に引き下がる気配はなかった。

「酔い？　まさか、僕は酔ってなんかいませんよ。ああ、ちょうどいいや、スージーに逃げられた代わりをしてくださいよ。落ちぶれたとはいえ、一国の王女を抱ける機会なんてそうそないだろうから」

マイケルは卑猥《ひわい》な笑みを浮かべてさらに近づいてくる。

そのとんでもない言葉に、フランシーヌは全身に悪寒が走り、声も震えた。

「わたくしは……皇太子妃、です……よ」

「だから？　皇太子殿下ご自身が、あなたを妃扱いしてないじゃないか？　それでどうして僕が、異国の王女、いや、元王女の言葉に従わなきゃいけないんだ？」

麻縄を無視してもう一歩下がろうとした。だが、フランシーヌの足先はなかなか床板を捉えることができず……。

「おい、待てよ。それ以上は――」

一瞬でマイケルの表情が変わる。それを見て、慌てて足を戻そうとしたのだが、すでに彼女の身体は後方に傾き――。

刹那、フランシーヌの身体はふわりと宙に浮いた。

☆　☆　☆

「殿下、いい加減、ご自分の船室に戻っていただけませんでしょうか？」

机に向かって報告書をしたためていたアーサーだったが、唐突に振り返って言う。

そこはアーサーに与えられた個室だった。皇太子専用の船室に比べると半分程度の広さしかない。とはいえ、これまではよくてふたり部屋だった彼の場合、今回の同行では個室をもらえたのだから上々だろう。

しかし、そこに主人であるサイラスが居座っていた。

アーサーにすれば、息苦しいことこの上ないはずだ。サイラスもそのことはわかっていたが、どうにもフランシーヌの待つ部屋に戻ることができずにいた。

「つれない奴だな。普通は〝気が済むまでここにいてください〟とか、言うものじゃないのか？」

サイラスがベッドに転がったままで答えると、アーサーは大きく息を吐いた。

「そんなことを言ったりすれば、到着まで居座るおつもりでしょう？　だから言ったんです。妻として身近に置かれるのは危険だ、と。それを、私はおまえとは違う、とおっしゃって強行されたんですから」

自分でも『失敗した』と思っていることを、得々と語られるのは本当に頭にくる。

フランシーヌの容姿は決して派手ではないし、男の気を惹く素振りが上手いわけではない。その点では評判どおりの地味な女性だ。

だが控えめな美しさの中に垣間見える気品は、さすがリュクレース王国の第一王女と褒めるべきだろう。ベッドの上で、濡れた黒曜石のような瞳にみつめられたとき、不覚にも妻にしてしまいそうになった。

たとえそうなっても、骨の髄まで王女としての義務が染み込んでいるフランシーヌなら、サイラスを恨んだりはしないだろう。

心の中でコンスタンを愛し続けながら、サイラスの妃としての役目を果たそうとするはずだ。

（どんな女にも主導権を握られたことはない。心を支配されることなど、自分にはあり得ないと思っていたのに……）

無垢《むく》にしか見えないフランシーヌの一挙手一投足に心を惑わされる。

こんな精神状態で同じ部屋にいたら、我慢できずに抱いてしまうことは間違いない。

（いやいや、それはまずいぞ）

サイラスはベッドの上で頭を抱える。

「殿下……お聞きしたいことがあるのですが」

そんなサイラスの様子を見ていて思うことがあったのか、アーサーは神妙な顔つきで尋ねてきた。

「なんだ？」

「本気で、ローランド王子に皇太子の地位をお譲りになるおつもりですか？」

「ああ、もちろん本気だ。ローランドは二十五と若いが、すでに結婚して息子もいる。実直で悪い噂も聞かない。奴なら立派に女王の後継者になれるさ」

ローランドは女王の第一王女、ベアトリスのひとり息子だ。サイラスにとっては五歳下の甥にあたる。

もし、サイラスが誕生していなければ、ベアトリスは次期女王となり、彼女の息子ローランドが皇太子の地位に就いたはずだった。

サイラスは特別なことをしようとしているのではない。本来、譲られるべき人間に王冠を託そうとしているだけなのだ。

だが、『はい、あげる』と言って譲れるものでもない。そのため、彼はやむを得ずこんな手段をとった。

「エドワードもそれを望んでいる。だからこそ、私が結婚したくないと言い出したとき、この計画に乗ってくれたんだ」

エドワードの了解と協力はホッとした反面、わずかながら寂しさを覚えた。

サイラスのやろうとしていることは愚かなことで、正統な後継者ではなくともこのまま王位に就くべきだ。エドワードなら、そう言って諫めてくれるかもしれない、と。

（別に、止めてほしかったわけじゃない。ただ……奴なら、私が王位に就いても大丈夫だって言ってくれそうな気がしたんだ。……それだけだ）

エドワードとは長い付き合いだ。

先代クレイ公爵も有能な人物で女王は信頼を寄せていた。その彼にサイラスより二歳下の長男が生まれたとき、将来サイラスの側近となるべく、女王はエドワードのミドルネームに『サイラス』の名前を与えたくらいだ。

物心ついたときには、サイラスの学友としてエドワードは王宮に出入りしていた。

（思えば……そのころにはもうガチガチの堅物で、子供とは思えない口の利きようだったな）

サイラスが二歳のとき、父親である王配バーロウ公爵が亡くなった。

女王はそのときすでに四十歳。夫の死に心を痛め、臥《ふ》せることも多くなる。周囲はサイラスが幼くして即位するのではないか、と案じていた。

女王も同じ不安を抱えていたのだろう。側近に命じてサイラスに幾人もの家庭教師をつけ、乳母までもが彼を厳しく養育するよう求めた。

しかし、枠にはめられることを好まないサイラスは、たびたび反発した。

十歳のころ、夜のうちに王宮の厩舎《きゅうしゃ》に忍び込み、馬房の扉をすべて開け放ったこともある。翌朝、王宮の裏庭にたくさんの馬が走り回っていた。夜間、裏庭を見回っていた衛兵は不審に思ったらしいが、上司への報告をサイラスが止めたのだ。

十頭以上の馬が裏庭のあちこちに馬糞を落とし、母から大目玉を喰らいそうになる。

だがそのとき――。

『乗馬の練習をするためでした。夜のうちに秘密の練習をして上達すれば、女王陛下に喜んでいただけるのではないか。僕がそう申し上げました』

そう言ってサイラスを庇《かば》ったのが、当時八歳のエドワードだった。

たしかに、サイラスは馬が嫌いで乗馬の練習を逃げてばかりいた。だが、王族にとって乗馬は必須。結局、エドワードと一緒に嫌と言うほど練習する羽目になり……。

結果的にサイラスが苦手な乗馬を克服したため、あのときの〝悪戯《いたずら》〟もとい、〝誤って馬房の扉を開けたこと〟は不問になった。

今回、サイラスは重大な決断を心に秘め、リュクレース王国までやって来た。それにエドワードが同行しなかったことに、何か意味はあるのだろうか？

エドワードは昨春、新クレイ公爵となった。新しいアップルトン王国の外交責任者として、お披露目の意味もあり、昨年秋以降、近隣諸国を回っていたはずだ。

革命のあと、新政府との話し合いでリュクレース王国の首都カルノー市にも滞在していたと聞く。

当然、宮廷にも出入りしていたはずだ。フランシーヌとも顔を合わせていておかしくない。そのときにサイラスの件で何か話をしていたとしたら？

いろいろ考え込んでいたとき、アーサーがポツリと呟いた。

「本当にエドワードも……いえ、クレイ公爵閣下も望んでおられるのでしょうか？」

幼いころの記憶にアーサーの姿はない。

グレアム家が伯爵位を与えられたのはアーサーが十二歳のころ。アーサーとエドワードはその時期に知り合ったというが、サイラスがアーサーを知ったのは、正式な立太子式を行って皇太子になったあとだった。

「さあ、わからんな。だが奴がいれば、ローランドが新皇太子になっても安泰だ。まあ、誰がなっても安泰かもしれんが」

「まあ、そうでしょうね」

アーサーは複雑そうに答える。そんな彼の心の内はサイラスにもよくわかった。

ローランドは、代々続く貴族の家柄や身分を重要視している。そのため、女王が認めた新興貴族をよく思っていない。『一生、エドワードの使いっぱしりでもしてろ』と言ったときは冗談のつもりだったが、ローランドが皇太子になれば現実になる可能性は大きい。

「アーサー、身分にこだわってるのはおまえ自身だ。だが、使いっぱしりが嫌なら、私についてくるか？」

するとアーサーは苦笑いを浮かべて答えた。

「殿下と一緒なら、面白い人生になりそうですね。しかし、私はグレアム家の長男ですので、その責任は果たしたいと思っています」

「使いっぱしりでもエドワードを選ぶ、か」

「そうではありません！」

顔色を変えて否定するアーサーをさらにからかおうとしたとき、廊下を走る不規則な足音が聞こえた。

直後、トン、ト、トンと扉を叩く頼りなげな音がして……。

「ア、アーサー様……だ、男爵が……ああ、どうしましょう。殿下が……お部屋にいらっしゃらなくて、王女様が……早くしなくちゃダメなのに」

今にも消え入りそうなか細い声の主は、侍女のスージー・コッカーに間違いない。両親や祖父母、兄弟姉妹と揃ってグレアム伯爵家で働く娘で、アーサーの紹介でフランシーヌの侍女に抜擢《ばってき》した。

アーサーも気づいたのだろう。即座に立ち上がったが、それより早く、サイラスのほうが扉に飛びついていた。

要領を得ないスージーの説明を半分まで聞き、サイラスは甲板まで駆け上がる。

軍艦《フリゲート》に比べれば小さいが、小型の帆船とはわけが違う。

「フランシーヌ！　どこだーっ!!」

何度も叫びながら甲板を見て回るが、海風に吹き飛ばされて声が響かない。

サイラスより遅れて、アーサーも甲板までやってきた。遅れた時間、彼はスージーから詳しい話を聞いていたらしい。

スージーがアーサーの部下であるマイケル・フロックハート男爵に殴られていたところを、フランシーヌが助けてくれた、と言う。

「フロックハート男爵は、私に勝るとも劣らない小心者です。大それた真似ができる人間ではないのですが……」

アーサーは肩で息をしながら、喘ぐように言う。

そんなアーサーに向かってサイラスは吐き捨てた。

「どんな小心者も、欲が絡めばとんでもない真似をするものだ。男の場合、その欲望が下半身に直結するなら余計にな」

「否定はしません……しかし」

反論しようとしたアーサーの口が開いたまま止まった。

直後、風に乗って「きゃっ」と言う小さな悲鳴が聞こえ——振り返ったサイラスの目に映ったのは、マイケルの向こう側に立つフランシーヌの姿がかき消えた瞬間だった。

「フランシーヌ!!」

叫ぶなり、サイラスは手すりに飛びついた。

真っ赤なコート・ドレスを脱がずにいてくれてよかった、と最初に思った。海面に広がる赤い物体を見つけ、彼は手すりに足をかける。

「アーサー、人を集めろ！　手漕ぎ舟を下ろせ！」

「いったい何を……お待ちください、殿下っ!?」

アーサーの制止はサイラスの耳に届くことなく、彼の足はすでに手すりを蹴っていた。

☆　☆　☆

大国の王女として生まれ、その義務のみに縛られた人生だった。

二十二歳になったばかり……そして何より、サイラスの妻になったばかりで人生の終幕を迎えることになるとは。

（いいえ、革命の起こったあの日から、ずっと綱渡りだったではないの。アレクを王にするために、わたくしは神に生かされていたのね。役目を終えたから、神に召されるのだわ）

ひとつ心残りがあるとするなら、サイラスの本当の妻になれなかったこと。

小さなころからずっと、アップルトン王国とサイラスの悪い噂ばかり聞かされていた。さらに、初めて会ったときのサイラスの印象は最悪だった。

婚約したばかりの幼い少女に、あれほど意地悪なことを言う男性はいないだろう。

そう記憶に刻まれると同時に、あの日彼女は世界で一番美しい男性に出会った。そう思い続けてきた。

サイラスは太陽のように眩しくて、わずか十歳のフランシーヌをその輝きの虜にしたのだ。

(見目麗《みめうるわ》しくて忘れられなかった、なんて……わたくしを雀と言ったサイラス殿下と変わりないわね。よくも悪しくも、見た目だけで判断しているのですもの)

まさに、自分自身の命の火が消えかけているというとき——にもかかわらず、フランシーヌはなんということを考えているのだろう。

十歳で新国王となった弟のことや、新しい時代に生きていく国民たちのこと、国の存続や近隣諸国の平和、等々。王女として考えなくてはならないことや、神に祈るべきことはたくさんある。

だが、最後の最後だからこそ、王女の義務ではなく、ひとりの女として死んでいきたい。

(宿屋まで、サイラス殿下ご自身が迎えにきてくださったのよね。結婚式で白い絨毯の上を歩いたときや大型帆船に乗り込むとき、支えてもらえて嬉しかった。わたくしは今まで……誰にも支えていただけなかったから)

物心ついてからずっと、フランシーヌは周りの人々を支え続けてきた。

革命のことを思えば、王女の自分には何もできず、支えきれずに多くの命を死なせてしまったことは事実。それでも懸命に、決して諦めず、努力してきたつもりだ。

そんなフランシーヌの死を聞けば、せめて弟妹は泣いてくれるだろうか？

そしてサイラスは？

(きっと、よい妻だったと言ってもらえるわね。労せず、金糸雀でも白鳥でも……そんな美しくて愛する女性と再婚できるのですもの)

そう思った瞬間、フランシーヌは胸が痛くなった。

喉の奥に何かが押し込まれたように苦しくて、息ができなくなる。

このまま堪え続けたら、きっと何も感じなくなるのだ。それが死ぬということに違いない。

だが、この痛みと苦しさに、どこまで耐えたら楽になれるのだろう。

そう思ったとき、彼女の耳に愛しい人の声が響いた。

『もう、大丈夫だ。フランシーヌ』

サイラスの声だった。

だが、何が大丈夫なのだろう？

今も胸が痛くて、身の置きどころがないくらいだと言うのに。

『ゆっくり、息を吸うんだ。ゆっくり、だ。焦るんじゃない』

息ができなくて苦しいのだから、ゆっくりでも息を吸うことなど無理ではないか。そう思ったが、サイラスの言葉どおりにしたとたん、胸の痞《つか》えが嘘のように消えていく。

太陽の熱に、喉を塞《ふさ》いだ氷が溶かされていくみたいだ。

胸の燻《くすぶ》りを一掃するように、涼やかな空気に身体を包まれる。

フランシーヌがそっと目を開くと、そこに天使の姿があった。キラキラと煌めき、頭上に金の輪が見える。

心の中でサイラスの顔を思い浮かべながら、フランシーヌは精いっぱいの微笑みを浮かべ、ゆっくりと目を閉じた。


フランシーヌがふたたび目を開けたとき、周囲は真っ暗だった。

自分は罰を与えられて、地獄に落とされたのだろうか？　だが二十二年の人生で、死んでまで償わなければならないような罪を犯した覚えはなかった。

しかし、天国がこんなにしんとして暗いところだとも思えない。

辺りは真っ暗だが寒い場所ではないのが幸いだ。

それだけでなく、熱を発する温もりにしっかりと抱きしめられているかのようだ。

そう、まるで暖かい絹の毛布に包み込まれる感触。あまりの心地よさにフランシーヌは温もりに頬をすり寄せていた。

そのとき、静寂の中にトクンと何かが響く。

それはしだいに速くなり、トクトクトクと激しく刻み始めた。

(まるで心臓の鼓動みたい……)

心臓が動いているということは、生きているということ。

そしてその音を彼女は頬で感じていた。それが意味することとは、〝フランシーヌの鼓動〟ではなく〝他の誰かの鼓動〟。

少しずつ、意識がはっきりとしてくる。

フランシーヌは柔らかなベッドの上に寝かされているようだ。そして、裸の誰かが彼女を抱きしめている。

「気がついたか?」

耳のすぐ傍でサイラスの声が聞こえた。

ドキンとして顔を上げると、目の前に彼の瞳があった。

「あ……く……」

尋ねようとしたとき、どうしたことか声が出ない。フランシーヌは驚いて喉に手をやり、

「あ……ぁ」強引に声を出そうとした。

「無理に声を出すな。飲んだ海水を吐き出させたから、喉を傷めてるはずだ」

そう言われて、フランシーヌはあらためて自分が海に落ちたことを思い出す。

「落ち方が悪かったり、途中で何かに当たったりしてたら、今ごろ神様に添い寝されてたところだぞ。まったく……だから、船室から勝手に出るなと言ったんだ」

サイラスの言葉に居た堪れない気持ちになる。やるせなさと悔しさ、切なさがない交ぜになった微妙な感情が胸の中で渦を巻く。

その顔がサイラスには泣きそうに見えたのだろう。彼は慌てて付け足した。

「ああ、いや、泣くな。だから……この船は、そもそも軍船として設計されたものなんだ。安全に対する配慮が充分じゃなくて、ドレスを着たレディが歩くのは危険という理由で引き止めただけだ」

フランシーヌの顔を覗き込みながら、諭すように続ける。

「甲板に出たいなら、私が付き添ってやる。おまえが海に落ちた瞬間、こっちの心臓が止まったぞ。頼むから、せめて私が守ってやれる範囲で危険な目に遭ってくれ」

サイラスの言葉を聞き、海に落ちた直後のことが脳裏をよぎった。

恐ろしさにぶるっと身体が震える。だが同時に、凄い力でフランシーヌを引っ張り、海面まで引き上げてくれた腕があったことも思い出した。

しきりに彼女の名前を呼び、何度も『大丈夫だ』とささやいてくれた。あの声の主が誰なのか、答えはもうわかっている。

フランシーヌは彼の腕にしがみつき、懸命に尋ねた。

「サイ……ラス、でんか……ど、して？　わた、くしを……たすけ、て、くださ……たの？」

掠れて聞き取りにくいのはたしかだが、どうにか声が出せてホッと息を吐く。

「どうして、だと？　そう言えば、おまえは私のことを疑っていたんだったな。御者を殺した挙げ句、馬車ごと始末しようとした、と」

言うなり、大きな掌がフランシーヌの頬に触れた。

彼女を包み込んでいた温もりと同じものを感じ、ドキンと心臓が跳ねる。

「私が結婚から逃げていたのは事実だ。言い訳はしない。でも、だからと言っておまえを殺そうと思ったことは一度もない」

「は……い」

あの声の主はサイラスに間違いなかった。

彼は海に飛び込み、フランシーヌを助けてくれた命の恩人。もし彼女を殺そうと思っていたなら、身の危険も顧《かえり》みずに助けることなどしないだろう。

(この方は、わたくしの夫……サイラス殿下だけは、わたくしを守って、支えてくださる)

胸に渦巻く痛みを伴う感情が、長い年月をかけて作り上げた壁とともに、ほろほろと解けて崩れていく。

入れ替わるように、甘やかな風が胸に吹き込んでくる。爽やかでいて温かい、そんな風に奥のほうまで満たされていった。

フランシーヌは勇気を出して、サイラスの胸に掌と耳をそっと押し当てた。彼の鼓動を聞くだけで、どうしようもなく幸せな気持ちになれる。

そのとき、チッとサイラスが舌打ちした。

「おまえな……自分が今、どんな状況に置かれているのか、わかった上でそんな真似をしているのか？」

「サイラス、殿下？」

絹の毛布の下で伸ばされた彼の足先がフランシーヌの脚に触れ、そのまま絡みついた。

サイラスに正面から抱き寄せられたとき、下腹部に熱い猛《たけ》りが押し当てられ――彼女がその正体に気づくまでに、五秒もかからなかった。

「わかったか？　お互いに生まれたままの姿なんだ。おまえの脚を広げさせれば、すぐにも挿入できる」

なんと即物的な言い方だろう。

そう思いながらも、フランシーヌは心の内で、言葉どおりにしてほしいと願った。

死を覚悟したとき、彼女の胸に浮かんだただひとつの後悔。いっそこのまま、真実の妻になれたら……想像するだけで、頬が火照《ほて》り全身が熱くなる。

だがそのとき、初夜の床で投げつけられた言葉を思い出してしまった。

『おまえが、どうしてもと望むなら……抱いてやらないこともない』

あのときは、屈辱に声を殺して涙した。

もし今、フランシーヌが彼を求めたりしたら、軽蔑されるかもしれない。簡単に身体を許す、彼が言ったとおりのいやらしい女だ、と。

それどころか、これまで以上にコンスタンとの関係を疑われてしまう。

(でもこのままじゃ、同じような目に遭ったとき、また後悔することになるかもしれない。そんなのは嫌！)

王女としての自尊心より、ひとりの女としての幸福を選びたい。

「あ、あの、サイラ……」

フランシーヌが覚悟を決めて自分から求めようとしたとき、その口をサイラスにより塞がれた。

暗がりの中、激しく唇を奪われ、彼女は喘ぐように抱きついてしまう。強く吸われ、何度も何度も押し当てられて、彼のキスに溺《おぼ》れてしまいそうになる。

「わかった、もう降参だ。——フランシーヌ、どうしてもおまえが欲しい。妻として、応じてくれ」

深い嘆息とともに、サイラスは自分から彼女を求める言葉を口にした。

フランシーヌは彼の腕の中で「……はい」と答えたのだった。

第四章　魅惑の処女

「どこか、痛むところはないか？」

サイラスは彼女の背中を撫でながら、そんな質問をする。

柔肌の上を、円を描くように長い指先が動く。それは、これまでの彼からは想像もできないくらい優しい動きだった。

フランシーヌも何かするべきなのかもしれない。

サイラスは彼女のことを『淫らに開発された』と思っている。そういった女性なら男性を悦ばせる術をたくさん知っているはずだ。彼もきっとそんな期待をしているだろう。

だがフランシーヌには、自分から手を伸ばしてサイラスの肌をまさぐる勇気はなかった。

「い……痛み、ません。あの……わたくしも、触れたほうが、いいですか？」

「いや。頼むから、何もしないでくれ」

少しムッとしたような声でサイラスは答える。

やはり当たり前の質問をして、彼の機嫌を損ねてしまったようだ。このまま黙っているより、本当は何も知らないことをきちんと伝えておいたほうがいいのではないか。

そんな思いが胸をよぎるが……。

(でも、いくら嫁き遅れの歳とはいえ、ずっとサイラス殿下の婚約者だったのよ。それなのに、他の男性に身体は許していません、なんて……どうして、わざわざ口にしなくてはいけないの？)

そもそも、理不尽な言いがかりをつけてきたのはサイラスだった。

コンスタンに愛の告白めいたことをされたため、後ろめたい気持ちになっていたのはたしかだ。だが、宿屋でたどたどしい受け答えになってしまったのは、気付け代わりに飲まされた蒸留酒のせいだった。

サイラスに悪気があって飲ませたわけではないだろう。

しかし、再会以降の様々な侮辱に対して、彼女は少し憤っていいのではないか？

とは思うものの……ならば、妻にするのはやめると言われるのが怖くて、フランシーヌは口を引き結ぶことしかできなかった。

すると、困ったようなサイラスの声が聞こえてきた。

「私はこれでも、女性に無理強いしたことはないんだ。それなのに、宿屋でも、初夜の床でも、ずいぶん乱暴に組み伏せてしまったな。――おまえにだけは、どうも調子が狂う」

顔を上げると、思いもよらないほどの優しい視線が注がれてきて……フランシーヌは息を呑んだ。

サイラスの唇が頬に触れ、チュッチュッと音を立てながら顎から首筋に下りていく。

「ぁ……ん、んっ……ふぁ」

吐息が口から漏れ、慌てて唇を噛んだ。

淫らな声を出したりすれば、サイラスはまた彼女を責めるだろう。結婚式のあと、初夜のベッドで彼女は自分でも信じられないほど乱れてしまった。あのときのことを思い出すだけで、身体がさらに火照ってくる。

恥ずかしい粗相まで思い出し、フランシーヌの息は上がる一方だ。

背中を撫でていたサイラスの手が胸に触れ、さわさわと先端の突起を刺激し始めた。

「殿下……あまり、さ、触らないで……くださいませ。そうでないと……」

初めはこそばゆいだけの感覚が、しだいに背筋がぞくぞくしてきて、とうとうピンク色の部分が硬く尖ってくる。

「あっ……んんっ！」

フランシーヌは吸い込んだ息を止め、両手で口元を押さえる。

胸の尖りにサイラスの唇が触れ、咥えられた瞬間、彼女の肢体が戦慄《わなな》いた。肉厚のある舌に舐められ、吸われて、ピクピクと身体の震えが止まらない。

ぬめりのある舌先でころころと転がされ、それを両方の胸で繰り返した。

今夜の彼の指先は信じられないほど優しかった。彼女の素肌を傷つけないように、ゆっくりと時間をかけて撫でさすってくる。

横向きで抱き合っていたのが、いつの間にか背中をリネンに押しつけられていた。

自分の上にいるはずのサイラスの姿を探すが……。

彼は頭まですっぽりと絹の毛布の下に隠れてしまっている。フランシーヌがそのことに気づいた直後、脚の間にサイラスの身体が入ってきた。

彼は腰を巧《たく》みに使って内股をこじ開けてくる。

と同時に、そそり勃《た》つ男性器をフランシーヌの秘所に押し当ててきた。

「あ……あの、サイラス殿下……わたくし、は……」

「何も言うな。過去は一切問わない。ただ、これよりは私だけだ。妻を他の男と共有するつもりはない」

言いながら、彼は胸から唇を離し、上半身を起こした。

絹の毛布がサイラスの身体から滑り落ちる。暗がりの中、肩から胸にかけて逞しい身体が露わになった。

そのとき初めて、フランシーヌは部屋の中に点されたランプの灯りに気づいた。

淡い琥珀色の光がランプを中心に波紋のように広がり、サイラスの髪をキラキラと輝かせている。

「おまえは美しいな、傷ひとつない真珠のような肌だ。きめ細かで、肌触りも吸いつくようで……ああ、クソッ！」

彼は端正な頬を歪め、眉根を寄せて悔しそうに言う。

「一度射精《だ》せば、落ちつくはずだ。フランシーヌ、一回目は私の悦びに付き合ってくれ。その代わり、二回目以降はおまえのためだけに尽くしてやる」

サイラスが何を言いたいのか、その言葉の九割方がフランシーヌにはわからない。

問い返そうと口を開きかけたそのとき――押し当てられた昂《たかぶ》りが、ひと息に彼女の膣内《なか》に挿入された。

「……!!」

優しい口づけと胸への愛撫で蕩《とろ》けかけていたその場所に、灼熱の杭《くい》が穿《うが》たれる。しっとりと潤っていた泉は一瞬で干上がり、膣襞に裂けるような痛みが走った。

それはまるで、躰を串刺しにされたような衝撃――。

唇を噛みしめ、指先に触れた絹の毛布を握りしめて、フランシーヌは苦痛に耐える。

「どうした、フランシーヌ？　力を抜かないか」

不審そうなサイラスの声が聞こえたが、何も答えられない。

彼がぐいぐいと肉棒を押し込んでくるので、全身が強張ったまま力を抜こうにも抜けないのだ。

フランシーヌの躰は肉塊の侵入に恐れ慄《おのの》き、本能的に拒絶していた。

(痛い……夫婦の閨で行うことが、こんなに苦しいことだったなんて……でも、我慢しなくては妻になれないのよ。口を開いてはダメ……悲鳴など上げたら、やはり皇太子妃にふさわしくないと思われてしまう)

フランシーヌは呼吸をするために、ほんの少し口を開いた。

だがすぐに奥歯を噛みしめる。

「おい、いったい、どうしたと……いや、まさか、そんなことが!?」

彼は呻くように呟いたあと、「クッ!」と小さな声を上げ、唐突に動きを止めた。

その瞬間、膣奥に熱い飛沫が飛び散った。フランシーヌには何が起きたのかさっぱりわからなかったが、ふわっとした温もりが狭隘《きょうあい》な蜜道に広がる感じがした。

苦痛はなく、むしろ心地よい温かさに満たされていく。

そして、押し込まれたときとは違い、サイラスの凶器はわずかな力を残して、ズルリと彼女の蜜穴から抜け落ちた。

フランシーヌの身体も力が抜けたようになり、両手で顔を覆いながら大きく息を吐く。

「なんてことだ! フランシーヌ、どうして無垢なままだと言わなかった? わかっていたら、こんな真似は」

「どうして、と言われましても……。わたくしは十歳のときに、サイラス殿下の婚約者になり

ました。他の方を受け入れることなど、考えたこともありません」

少し喉は痛かったが、普通に声が出るようになっていた。

フランシーヌはホッとしながら答えたが、サイラスは納得がいかないらしい。彼女の足元に膝立ちで座り込み、うつむいたままでいる。

「それは……だったら、なぜだ？　コンスタン、コンスタンと、奴を庇うようなことばかり言っていただろう!?」

「サイラス殿下が――命を奪うようなことをおっしゃるので、誤解を解こうとしただけです。でも、名前を口にするだけでお怒りなので、とうとう何も言えなくなってしまって……わたくしのせいですか？」

フランシーヌが恐る恐る尋ねたとき、サイラスは大きなため息をついた。そして無造作に髪をかき上げつつ、「いいや」と答える。

そんな彼の様子に、少しずつ不安が首をもたげてきた。

苦痛の元が取り除かれてフランシーヌは安堵したが、サイラスにとってはどうだったのだろう？

あっという間に終わってしまった。それは彼が、フランシーヌの躰では満足できなかった、という以外に考えられない。

「あの……サイラス殿下」

「わかってる。何も言うな。復活するまで、ちょっと待ってくれ」

なんとも言い難《がた》い顔をしたまま、彼は頭を抱えていた。

その姿はまるで、とんでもない失敗をして狼狽《うろた》えている子供のように見えなくもない。

(そんな、まさか、サイラス殿下に限って)

サイラスも人間なのだから、あやまちを犯すこともあるだろう。だが、子供のように落ち込む姿は想像できなかった。

彼ならどれほどの窮地《きゅうち》に陥ったとしても、平然と笑っているのではないか？

そう思えば思うほど、彼の困惑はフランシーヌの処遇に関することではないか、と考えてしまう。

(全然楽しめなかったからだわ。本当の妻にしてしまったことを、後悔されているのよ)

どれほどの謝罪も言い訳も、サイラスは聞いてくれない。これですべてが終わってしまったような気がした。

彼を受け入れた場所がズキズキと痛む。まだ、サイラスが彼女の胎内にいるかのようだ。だがそれ以上に、胸の痛みも大きくなっていく。

フランシーヌは絹の毛布を手繰り寄せながら、ゆっくりと上半身を起こした。

「わたくしのこと……気に入ってはいただけなかったのですね」

黙っているつもりだったが、どうしても言わずにはいられなくなり、フランシーヌは涙声でポツリと呟いた。

「いや、ちょっと待て」

「ですが、サイラス殿下の妻はわたくしです。どうか、リュクレースに追い返すようなことはしないでください！　今は何もできませんが、あなたにお気に召していただけるよう、努力いたしますので……お願いいたします」

何をどうすればサイラスに満足してもらえるのか、見当もつかない。

しかし、何もしないで諦めるのは嫌だった。

「だから、そうではなくて………フランシーヌ、おまえの言葉は、まるで私に恋でもしているように聞こえるぞ」

サイラスは途中でハッとした顔になり、じっとみつめてきた。

海に落ちる前のフランシーヌなら『そんなはずがないでしょう』とごまかしたかもしれない。だが、今の彼女は嘘をつく気にはなれなかった。

「恋を、していてはダメですか？　休戦のための婚約だということは、十歳の子供にもわかっていました。そして、本当にあなたと結婚する日は来ないのだろう、と言うことも」

休戦のための婚約だからこそ、それを解消するときはふたたび交戦状態になることを覚悟しなくてはならない。

国力が拮抗《きっこう》している限り、サイラスとの婚約は続く。しかし、ひとたびバランスが崩れたら、婚約が解消されることは明白だった。

リュクレースが上に立てばアップルトンを倒すため、下になれば攻め込んでくるアップルトンに抵抗するため、フランシーヌは味方となる国に嫁がされたはずだ。

革命が起きて父が死んだからこそ、平身低頭でアップルトンに同盟を結んでもらうことになった。

今度は、同盟を結ぶための結婚、そんなことは重々承知している。

「周りは皆、サイラス殿下との婚約を聞き、わたくしが可哀想だと言いました。でも、殿下は本当に美しくて……婚約中も、いろんな国のレディたちがあなたに夢中だと聞いて、婚約者であることが自慢でした。本当に結婚できると聞いたときは嬉しくて……だから、あなたになら殺されてもかまわないと思って、それなのに……」

しだいに興奮してきて、自分でも何を言っているのかよくわからなくなってしまう。

だがそのとき、サイラスが彼女の腕を掴んだ。そのまま強い力で引っ張られ、彼の胸の中に飛び込む格好になる。

「まったく。おまえという女は……そういうことは先に言え」

困ったような嬉しそうな、なんとも言えない声だ。

フランシーヌは返事に迷い、聞き返してみる。

「さ、先に言えば、何か違ったのでしょうか？」

「少なくとも、先刻のような痛い思いはさせなかった。──面目ない」

予想外とも言えるサイラスの真摯《しんし》な口調に、フランシーヌは答えるべき言葉が見つからない。身じろぎもせずに固まっていると、サイラスの手が湿り気の残った彼女の髪を撫でた。

「艶のある婀娜《あだ》めいた髪だ。おまえのすべてを私のものにしたい。こんな感情は初めてで、正直、戸惑ってる」

「そんな……なんの変哲もない茶色の髪です。申し訳ありません。あなたの妃にふさわしい、大人の女性にはなれませんでした」

彼の腕の中は、フランシーヌにとって安堵する空間だった。てらいのない素のままの自分になり、サイラスに身を委ねる。

すると、サイラスのほうも穏やかな口調で返してくれた。

「ひょっとして〝地味な雀〟と呼んだこと、まだ怒ってるのか？」

「怒ってはいません。でも……気にしています」

ほんの少し唇を尖らせて答えると、その唇をサイラスは指先でなぞった。

「あのときは、正面決戦かそれとも休戦協定か、両国の方針が揺らいでいる状態での婚約だった。わずかな数の側近しか連れて行くことを許されず、自治区とはいえ敵国内のドグルターニュ市に乗り込まされた──」

フランシーヌはよく理解していなかったが、十二年前はリュクレース王国が若干優勢だったらしい。

だからこそ、婚約発表にアップルトンの第一王子を呼びつけることができた。

当時の関係者の間では、婚約にかこつけたサイラスの暗殺計画――そんな噂まで流れていたという。

十歳のフランシーヌの目には立派な大人に見えたサイラスも、あのときは十八歳。今の彼女より年下だったのだから、とても穏やかではいられなかっただろう。

そこに、似合わないティアラとドレスで着飾った子供がヘラヘラと笑っていたら、苛めてやりたいと思っても無理はない。

「ちょっとは意地悪な気持ちもあった。だが十八の私は雛鳥の産毛に惑わされて、その本質も見抜けない程度の子供だったんだ。もう勘弁してくれないか？」

言いながらサイラスは彼女の手を取り、掌に口づけた。

唇の熱を掌に感じ、フランシーヌはどきりとする。

リュクレースの宮廷でレディが受けるキスは手の甲がほとんどだ。それは貴婦人への尊敬を意味する。そして、男性が女性の掌にキスする行為は、求愛より求婚に等しい。

彼は今、ひざまずいてフランシーヌに愛を懇願しているようなものだった。

国が違えばルールは違うのかもしれない。だが、サイラスほどの男性がリュクレースのルールを知らないはずがない。

「ど、どうして掌に？　十二年前のことなら、本当に怒ってなどいませんよ。わたくしはもうあなたの妻なのですから……それとも、アップルトンでは違う意味になるのでしょうか？」

「いや、私の知る限りでは同じだろうな」

「では……あっ、ん」

掌へのキスが手首に移り、腕の内側を辿ってどんどん上がってくる。

「レディの掌に口づけたのは初めての経験だ。だが、悪くないな」

その言葉の直後、キスの雨がフランシーヌの身体に降り注いだ。首筋から胸の頂まで、何度も道筋を辿るように唇を這わせる。

息が上がってきて、彼の唇が触れたところだけでなく、身体中が熱くなっていく。

サイラスにもたれかかったままでいると、やがて彼の指先が太ももを這い始めた。大きく撫でながら、少しずつ内側に移っていく。

内股をさわさわと撫でさすり、脚の付け根まで指を進め――そして偶然のように淫芽を掠める。

「ぁ……やぁ……ぅ！」

我慢していたはずが、ふいに触れられて声が出てしまう。

「約束どおり、この先はおまえの悦びのために尽くしてやる。存分に声を上げるといい」

フランシーヌは首を左右に振った。

言われるまま喘ぎ声を上げるのは怖い。サイラスのことを信じていないわけではない。だが、夫としての信頼と、ベッドの上での行為は別だった。

「怖いか？」

何も答えず、彼の腕にしがみついた。

「破瓜の痛みを思えば、おまえが怯えるのも無理はない、か。いや、私には想像することしかできないが」

サイラスの指が割れ目をツーッとなぞる。

羞恥と痛み、そして快楽にフランシーヌの下肢がふるっと震えた。

「無垢な花嫁を抱くときの手順は、経験者から何度か聞いた。それを、これから試していいか？」

「サ、サイラス、殿下も……たくさん経験されて、おられるでしょう？」

どうにか口を開き、気になったことを尋ねる。

すると彼はフランシーヌの顔を覗き込み、瞬《まばた》きもせずに答えてくれた。

「純潔を散らすのは花嫁にする女だけだ。これまで見誤ったことはなかった。それが、おまえのことだけは間違えた」

サイラスはくいっと指先を動かした。中指で花びらをかき分け、花芯をほんの少し力を入れて緩々とこすり始める。

太ももがピクピクと震え、反射的に脚を閉じてしまう。

「私を惑わせ、煽って、海にまで飛び込ませた。それが何を意味するか、わかるか？」

閉じた股の間から、クチュ……クチュクチュと小さな水音が聞こえてきた。

フランシーヌの頬はカッと熱くなり、肩で息をする。

「い、いえ……」

それだけ答えて、さらに太ももに力を入れた。

「そこに力を入れても無駄だぞ。どれほど手首を締めても、指は止められない。ほら、こんなふうに」

二本の指で花芯を挟むなり、激しくこすられ――。

「あぅっ！　や、やあ、サイ、ラス……殿下ぁ、あーっ！」

一度声を上げると止まらなくなる。

サイラスの名前を呼んだあと、下肢を戦慄かせて絶頂に達した。彼の指が止まるのと同時に、フランシーヌの太ももから力が抜けていく。

彼に抱きつき、荒い呼吸を落ちつかせるようにして、しばらくの間じっとしていた。

ところが、ふいに奇妙な感覚がして、フランシーヌはピクリと身体を震わせた。脚の間にぬめりを感じる。蜜窟から雫が垂れ、内股を濡らしながら流れていく。

（こ、この感覚は、初夜のときと同じ……？）

悦びのあまり、また粗相をしてしまった。

そう思った瞬間、全身が燃えるように熱くなり、フランシーヌはギュッと目を瞑《つむ》る。

そんな彼女の気配を察したのか、サイラスの指がゆっくりと動き始めた。蜜窟の縁をなぞったあと、ぬめりを辿って内股を撫で回す。

「サイラス殿下……もう、これ以上は、お許しください」

フランシーヌは耐えられなくなり、自分から口を開いた。

「何を許すんだ？」

「わ、わたくし、また……粗相をして、しまって……本当に申し訳ございません」

「粗相？」

一瞬、何を言っているのかわからない、という顔をした。

だが秘所を撫で回すうちに、粗相の意味に気づいたようだ。

「ああ、これのことか？」

内股の濡れた辺りに触れながら、彼は可笑しそうに言う。

「で、殿下……お願いです。もう……」

そのとき、ふいに彼の唇が耳に押し当てられた。

「これは粗相じゃない。女の躰は気持ちがよくなると、こいつをたっぷり溢れさせるようになってるんだ」

「でも、ぬ……濡らすのは、恥ずかしいことだと……殿下がおっしゃったから」

初夜のベッドで彼が言ったことだった。

『こんなに濡らして、恥ずかしいとは思わないのか？』

『指だけで昇り詰めるような、いやらしい女になっていたな』

また言われても否定できないくらい、フランシーヌは彼の指だけで溢れさせるほど感じてしまった。

身を竦める彼女の耳元で、サイラスはフッと笑う。

「フランシーヌ、昨日まで私が言ったことはすべて忘れてくれ。あれは、誤りだ」

「すべて、ですか？」

「私の指先で昇り詰めるのは、実に喜ばしいことだ。リネンがぐっしょりになるほど、妻に甘い蜜を溢れさせることができたら、それは夫の名誉になる」

百八十度方向転換したようなサイラスの言葉に、なんと答えたらいいのだろう。

呆気に取られていたとき、彼の指が蜜道に押し込まれた。

「——いっ、痛っ！」

ヒリヒリとした痛みに、思わず声を上げてしまう。

フランシーヌの反応に、サイラスも慌てた様子で指を抜いてくれる。

「あ……申し訳ありません、わたくしは大丈夫です。そのまま続けてくださいませ」

「いや、膣内《なか》を傷つけたかもしれないな。今夜はこれ以上の挿入はせずにいよう。だが約束は守るから心配するな。押し込まなくても、さっき以上の快感を与えてやる」

どこか嬉しそうにささやくが、それでは彼自身の悦びを得ることができないはずだ。

(それなのに、どうして嬉しそうなの？)

サイラスの真意がわからず、フランシーヌは不安で堪らなくなる。

「サイラス殿下、どうか本当のことをおっしゃってください！　やはりわたくしの躰に問題があるのでしょうか？」

涙腺が緩み、視界がじわっと滲み始める。

すると、サイラスは驚いた顔で、慌てて彼女を抱き寄せた。

「おいおい、頼むから落ちついてくれ。今夜は私たちにとって最初の夜なんだ。初っ端から無理をするもんじゃない。アップルトンに着いたら、おまえが知らないことをたっぷり教えてやるから」

「本当ですか？　わたくしは……今夜でおしまいだと、思っていました」

彼の胸にすり寄りながら、心に浮かんだままを呟く。

すると、ふいにフランシーヌの肢体はベッドに押し倒された。絹の毛布は引き剥がされ、彼女のすべてが琥珀色の光に照らし出される。

もちろんそれは、サイラスも同様だ。

だが真珠色に艶めくフランシーヌの肌とは違い、彼の裸身はブロンズ色の凛々しい輝きを放っていた。

「どうした？」

「あ……いえ、もっと、貴族的な方だとばかり……」

サイラスは上背もあり、決して小柄な男性ではない。しかし服の下は、貴族的と言われる細身の身体と白い肌をしているのだろう、と。そんなふうに思い込んでいた。

よくよく考えれば――そんな貴族的な男性が海に飛び込み、フランシーヌを助けるなど無理な話だろう。

そう思ったとき、サイラスに手を摑まれ、彼の胸にそっと置かれた。

「今さら？　さっきから何度も、私の胸に頰ずりしていたようだが」

「ほ、頰ずり、なんて！　ただ、サイラス殿下は逞しくて、頼りがいがあって、お……夫だから、頼ってもいいのだと、そう思って」

あらためて逞しい素肌を感じ、フランシーヌの呼吸は速くなる。それをごまかすように息せき切って答えると、彼は苦笑しながら顔を近づけてきた。

「わかった、わかった。からかっただけだ」

唇がそっと重なった。

チュッ、チュッと優しいキスを幾つかくれて、

「おまえは、私を頼ってくれるんだな」

妙にしんみりした声でささやかれた。

「ご迷惑……ですか？」

迷いながら、フランシーヌはようよう言葉を返す。

やはり、サイラスも彼女が王女だから——今は皇太子妃だから助けてくれたのだろうか。〝妻だから〟あるいは、〝夫だから〟という理由で頼ってはダメなのか。

「迷惑なら二度と言いません、と口にしようとしたとき、今度は強く抱きしめられた。

「迷惑じゃない。だが、初めてのことで戸惑うばかりだ」

「初めて……？」

啞然として繰り返すと、サイラスは照れた笑みを浮かべた。

「私はほんの十日前に三十歳になった。四人の姉がいるが、すぐ上の姉ですら十四も年上なんだ。当然、母上の女王陛下は七十近い高齢。父上は私が二歳のときに亡くなられたから、とにかく大切に大切に、周囲から守られてばかりだった——」

サイラスの言葉にフランシーヌはハッとした。

彼はフランシーヌの弟、アレクサンドルと同じ立場なのだ。アレクサンドルのことは、自分を筆頭に誰もが大切に守ろうとした。

だが、幼いころはともかく、今のサイラスにとってそういった周囲の庇護《ひご》は鬱陶《うっとう》しいものに違いない。

その場合、彼の『近隣諸国の王室で一番の女好き』と言われる放蕩王子の異名は、果たして正しい評価なのだろうか？

女性にしか興味のない無能者のような言われ方をしているが……。

フランシーヌがそこまで考えたとき、

「ようやく、私も一人前の男になれそうだ」

彼女の頬に口づけながら言われ、その口調があまりにも扇情的で、彼女の鼓動は思いがけずトクンと弾けた。

「サイラ……ス、でん……」

自分は彼を誤解していたのではないだろうか。

その気持ちを伝えて謝罪しようと思ったとき、唇を塞がれて声が出せなくなっていた。

サイラスの甘い吐息が舌とともに口腔内に入り込んでくる。熱く蕩けるようなキスが続き、少しずつフランシーヌの思考を溶かしていく。

「あ……んんっ……ん、ふ、ぁ」

重なり合った唇の隙間から喘ぎ声が漏れる。堪らなく恥ずかしいはずなのに、ついさっき、彼の指に弄られた場所がふたたび疼《うず》き始めた。

そんな気配を察したのか、サイラスの舌先は彼女の裸身を下に向かって這い続ける。

柔らかな胸にたくさんの吸い痕をつけられ、やがて胸の頂を口に含まれたとき、快楽への期待に背筋がゾクッとした。

だが、彼の愛撫はそこが終点ではなかったのだ。

サイラスの唇は彼女のおへそを軽く舐めながら通り過ぎ、秘所を覆う栗色の茂みへと到達した。

そして唐突に彼女の脚の間に割って入り、太ももをすくい上げたのである。

ランプの灯りだけしかないとはいえ、脚を開いてそんな格好をさせられたら、すべてが見えてしまう。

「サ、サイラス殿下!?　お願いいたします。見ないで……見ないでください」

「ここは夫に——夫だけに見せる場所だ。妻の躰は隅々まで知っておかなくてはならないからな。おまえも妻の心得として、夫に従うよう教わったんだろう？」

「それは……」

何があっても我慢するように教わったのはたしかだ。

「心配するな。さっきのような痛みは与えない。指とは違う悦びを教えてやる。——暴れるなよ」

彼女が我慢できず、暴れてしまうようなことをするつもりだろうか？

そんな疑問がよぎった直後、サイラスは顔を彼女の秘所に近づけた。ぬるっとした感触に臀部がピクッと震え、そのまま、同じ動きを何度も何度も繰り返す。

「あっ！　あ、あの、待ってくだ……あ、あ、やぁんっ！　サ、サイラス、殿下ぁ……何を、何をして、あっ……そ、そんなところ……舐め、ないでぇ」

指で触れられたときとは全く違う悦びだった。

大きく脚を開かされ、羞恥の場所をサイラスの舌が往復する。ピチャピチャと音まで聞こえてきて、耳を塞ぎたいほど恥ずかしいのに、でも、気持ちいいのだ。

愉悦に膨らんだ花芯にほんの少し彼の指が触れた瞬間、フランシーヌは頤《おとがい》を反らせて軽く達してしまった。

だが、サイラスの愛撫はそれだけでは治まらない。

「もっと上があるんだ。フランシーヌ、ほら、何も考えずに気持ちよくなってごらん」

「そ、そんな……そんな、ダメで、す……あ、あぁぁ……やっ、あ、あ、あぁぁーっ！」

熱い吐息が淫部をくすぐり、蜜に濡れたとば口を舌で舐《ねぶ》られた。

新しい蜜が溢れてくるのがわかる。蜜液は割れ目を伝って臀部を濡らし、リネンに染み込んでいく。

それらを肌で感じながら、フランシーヌの意識は琥珀色の光に呑み込まれていった。

☆　☆　☆

「アップルトンは最北の国ではないし、野蛮人ではなく、紳士の国だと自負している。あと、おまえが思うほど、私の恋人の数は多くない」

フランシーヌがこれまで聞いたアップルトン王国やサイラスの噂を口にすると、彼は笑いながら否定した。

ふたりは今、朝日を浴びながら甲板の上に立っている。昨日と同じ場所に立ち、同じ海を見ているはずなのに、彼女の気持ちはまるで違うものだ。

重苦しい灰色の海が、サイラスの腕の中で目覚めた朝は、落ちついた深みのある灰色に思える。

それもこれも、彼が五本の指をフランシーヌの指の間に絡め、握っているせいか……。

あるいは、耳朶《みみたぶ》に唇を寄せ、『フランシーヌ』と甘い声でささやいてくれるせいかもしれない。

何もかもが昨日までと違っていて、フランシーヌは浮かれてしまいそうな気持ちを抑えるだけで精いっぱいだ。

「あの、ひとつだけ聞いておきたいことがあるのですが」

「なんだ？」

「サイラス殿下は、これからも野外劇場に……」

そこまで口にして、フランシーヌは口を噤《つぐ》んだ。

これから先のことを聞いたところで、自分に何ができるのだろう？

妻のすべきことは、知らん顔をして平静を装うこと。そして、夫が愛人のもとに通うとわかっていても、なんでもない顔で送り出すことだ。

第一、後継ぎを産んだわけでもないフランシーヌに、サイラスの愛人の存在を追及する資格などない。

ましてや彼は一国の皇太子。

下級貴族ですら、結婚相手と恋人は別と言われているのだ。リュクレースの宮廷には何人もの高級娼婦が出入りしていた。きっとアップルトンも同じだろう。

「あ、いえ、やっぱりいいです。わたくしの聞くべきことではありませんでした。どうか、忘れてください」

フランシーヌが慌てて付け足すと、彼はクスッと笑って握った手を自らの口元に寄せた。

「それは、美しい声を持つ金糸雀のことか？」

サイラスの言葉に、彼女は真っ赤になってうつむく。

（これでは、はい、と答えているようなものだわ）

今さら『違います』と答えても、とても信じてもらえそうにない。

「我が国が誇る金糸雀は、野外劇場だけじゃなく王立劇場にもいる。リュクレースのジェローム宮にも、素晴らしい歌姫がいると聞いたが。観に行ったことはないのか？」

尋ねられたことに、フランシーヌは力なく首を左右に振った。

リュクレースで名のある歌姫や女優と言えば、そのほとんどが高級娼婦なのだ。彼女たちは王族や上級貴族のパートナーとして宮廷に出入りし、我が物顔で闊歩している。

その上、政治の話に加わることも許されていた。

彼女たちを羨ましいと思ったことはない。だがレディには、たとえ王女であっても、政治に対する意見など口にすることもできない。にもかかわらず、彼女たちは意見を求められ、さらには聞き入れてもらっていた。

そういった女性を観るために、ジェローム宮まで行く気になれるはずもない。

「そうか。なら、私が連れて行ってやろう。美声を持つ雄の金糸雀もいて、熱狂する貴婦人方を数多く知っている」

サイラスの言葉を聞いた瞬間、フランシーヌの頭の中はカッと熱くなった。

「そ、それは……お断りします！」

「どうした？　ひょっとして、怒ってるのか？」

「サイラス殿下が、美しい雌の金糸雀と戯《たわむ》れている間……わたくしにも、お、同じことをしろと、おっしゃっているように聞こえます！」

ほんの少し、声が裏返ってしまった。これではまるで、嫉妬《しっと》のあまり叫んでしまったように聞こえる。

（本音を言えば、そのとおりなのだけど……。でも、それは口にしてはいけないことだわ）

フランシーヌは胸の内のモヤモヤを呑み込むと、

「殿下はどうぞ、お好きなことをなさってください。わたくしは、金糸雀に興味はございませんので」

できる限り冷静に返事をした。

するとサイラスもごく普通に話し始める。

「前に言わなかったか？　寝室で啼かせたい女は別にいる、と」

「聞きました。では、その女性は？」

侍女の誰かだろうか。

その場合、ジェシカの可能性が高い。ドキドキしながら、フランシーヌは固唾《かたず》を飲んでサイラスの返事を待つ。

「やはり、雀がいいな。チュンチュンと夜ごと、いや雀だから毎朝か？　啼かせてやりたいと思っている」

晴れ渡る空の色を写し取ったような青い瞳が、じっとフランシーヌの顔をみつめている。

「そっ、そんな……そんなことを言われましても……」

「嫌なのか？」

「嫌ではありません！」

思わず叫んでいた。

昨夜、ふたりが結ばれた部屋は、当たり前だが皇太子専用の船室だ。あのベッドで平然と眠れるほど図太くない、と思っていたが……。

サイラスの腕枕はあまりに心地よく、フランシーヌは朝までぐっすりだった。

（わたくしはひょっとしたら、図太いのかしら？）

弟妹のためにも、努めてしっかりするよう頑張ってきたつもりだが、本質はか弱い乙女だと信じていた。しかし今の状況から考えれば、細かいことは気にならない、図太い性格と思えなくもない。

サイラスから視線を逸らし、フッと考え込んだとき、それを邪魔するように彼の唇が耳に触れた。

「いやらしいな、フランシーヌは。朝から、閨のことばかり気にして」

掠れた声でささやいたあと、彼は耳朶にキスした。

フランシーヌは背筋がゾクッとして、彼に摑まれていた手をギュッと握り返す。

そのままチュッチュッと口づけの音を立てながら、やがて唇を重ねてきて……彼女はゆっくりと目を閉じ、サイラスのキスを受け入れた。

それはフランシーヌにとって至福の時間。

だが、その幸せを邪魔する咳払いがひとつ、聞こえてきた――。


「――お邪魔はしたくないのですが、そろそろ上陸の準備をしませんと。それに、マイケル・フロックハート男爵の処遇を決めていただきたいのですが」

そう言って憮然とした顔で立っていたのはアーサーだった。

彼はずいぶん長い間、ふたりが自然に離れてくれるのを待っていたらしい。だが、待ちきれなくなり、諦めて声をかけたようだ。

そういったアーサーの苛立ちはフランシーヌにも伝わってくる。

当然、サイラスにわからないはずがない、と思うのだが……。彼は、そんなアーサー以上に不満げな顔をしていた。

「なんだ、いたのか？」

「ええ、新婚の殿下はお忘れのようですが、なんと言ってもここは海の上です。申し訳ございませんが、あとしばらくお付き合いくださいませ」

フランシーヌの耳には嫌みにしか聞こえない。

そんなアーサーの態度に驚き、何も言えない彼女と違い、サイラスは泰然《たいぜん》として言い返した。

「仕方あるまいな。気の利かない側近を不満に思っても、海に放り出すほど、私は非道ではない。ありがたく思え」

「……」

アーサーのほうが黙り込んでしまう。

「それから、マイケル・フロックハートだが……」

マイケルの名前を口にしたとたん、つい先ほどまでのサイラスからは想像できないほど、険しい声が聞こえてきた。

「奴は皇太子妃に手をかけた重罪人だ。爵位と財産は没収。即刻、奴の首をメインマストに吊るせ」

非情な命令にフランシーヌは息を止めた。

アーサーも同様だったが、すぐにハッとした顔をした。

「そ、それは……いかがなものでしょうか？　酒に酔った挙げ句の愚かな行為であったことは否定しません。ですが、さすがに吊るし首となると、お父上のキャボット伯爵が黙ってはおられないでしょう」

慌ててサイラスを止めようとしている。アーサーにすれば、そこまでの返事は望んでいなかったのだろう。

だが、サイラスはぴしゃりと撥《は》ねつけた。

「酒に酔って皇太子の側近がフランシーヌを殺そうとした、となれば……非難は我が国に集中する。リュクレースからどんな難題を押しつけられても、女王は受けざるを得ないだろう。たとえば、私の廃嫡《はいちゃく》とか」

その言葉にアーサーも真っ青になった。

彼の後ろからふたりの衛兵がマイケルを引きずるように連れてきたが、そんな彼らにもサイラスの声は聞こえたらしい。マイケルは青ざめてカタカタと震えている。

サイラスの言葉にも一理あるように思う。

もし、この船上でフランシーヌの身に万が一のことがあれば、酔ったマイケルの失態では済まなくなるはずだ。女王の命令、あるいはサイラスの命令、近隣諸国からそう言われてもおかしくない。

そういった証拠のようなもの――マイケルがサイラスに頼まれたといった証言や、結婚や同盟に反対していたという文書等――を同盟反対派が握れば、リュクレースの世論を王制廃止に扇動していくだろう。

彼らの目的は今でも、ヴィルパン王家の断絶。同盟を壊してアップルトン王国の後見をなくせば、十歳の新国王を退位に追い込むことなど簡単になる。

だが――。

「お待ちください。それは両国が対等であれば、のお話ではありませんか？　サイラス殿下ご自身がわたくしとの結婚や同盟を不成立にさせようとしていた。そんな証拠がなければ、女王陛下も受け入れたりなさいませんよ」

フランシーヌは考えながら口を挟む。

そもそも、マイケルの不満はサイラスやフランシーヌにあるわけではない。彼は身分に固執し、自尊心を重んじるあまり、アーサーに反発しただけだった。

しかし、その不平不満が侍女のスージーに向かったのも、止めに入ったフランシーヌのことを軽んじたのも、元を正せば原因はサイラスにある。

『お付きの侍女全員に手を出してる』とか『皇太子殿下ご自身が、あなたを妃扱いしてない』とか……人にそう思われるような行動を取ってきたせいだ。

(でも、そのことを口にしたら、殿下に恥を掻かせてしまうわ)

彼女はサイラスのことを考え、言葉を選ぶ。

「それに……フロックハート男爵はわたくしを殺そうとなどしていません。わたくしが誤って足を踏み外しただけです。酔って侍女に乱暴な真似をしたことは事実ですが……どうか、裁くならその罪でお願いいたします」

「皇太子の側近として同行しながら、正体をなくすほど酒を飲むなど言語道断ではないのか？」

フランシーヌが返答に詰まると、今度はアーサーが口を開く。

「フロックハート男爵は私の部下です。そして、今回の同行におけるすべての役職を任命したのはクレイ公爵閣下ですよ。男爵を断罪すれば、類はクレイ公爵閣下にまで及びます」

それを聞き、サイラスは大きく息を吐いた。

「嫌なことを言う奴だな。死人に口なし――それが一番楽なんだぞ」

聞いたことのある恐ろしい言葉を耳にして、フランシーヌはドキッとする。

だが、当のマイケルは彼女以上に驚いたらしい。『死人に口なし』と言われるなり、白目を剥いて気を失ってしまっている。

サイラスもわざと脅かすつもりで口にしたのか、マイケルに視線を向けて苦笑していた。

「まあ、いい。上陸後はキャボット伯爵に引き渡し、処分は女王陛下にお任せしよう。ただ、アップルトンにも同盟反対派がいる。連中に利用されないよう、注意しろよ」

アーサーはごくりと息を呑み、「承知いたしました」と頭を下げた。


数分後、フランシーヌはサイラスと離れ、皇太子専用の船室に戻ってきた。

上陸の準備のため、モスリンのドレスから平織のワンピースドレスに着替えるよう指示されている。

自然な色合いをした生成りのワンピースドレスは、厚めの綿生地。袖はアップルトンで流行の兆しと言われる、半袖と長袖を重ねたようなマムルーク袖だ。丈は外歩きがしやすいよう踝《くるぶし》が隠れる程度、通常のデイドレスより短めだった。

着替えを終えた彼女の前に置かれたのは、裏に厚い革が張られた外歩き用の踵の高いブーツ。ブーツを揃えてくれたのは、スージーだった。

「あの……王女様、昨日はありがとうございました。でも、あたしのせいで海に落ちてしまわれて……お怪我がなくて本当によかったです」

半泣きだった昨日に比べ、ずいぶんと柔らかな表情をしている。

「スージーでしたね。あなたも無事で何よりです。それで……フロックハート男爵のことは聞きましたか？」

「はい。男爵様が王女様を海に落としたのではないと聞き、ホッとしております。これからのことは女王陛下がお決めになるので、無闇に騒いではいけないとアーサー様に言われました」

彼女が家に戻り騒ぎ立てれば、問題が大きくなる可能性もあるのではないか。そう思って確認しようとしたが、すでにアーサーが言い含めたようだった。

「ええ、わたくしもそう聞きました。昨日は男爵が酔っていらしたから、必要以上に距離を取ろうとしてしまったのです。でも、わたくしが落ちそうになったとき、男爵は慌てて手を差し伸べてくださったのですよ」

それは嘘ではない。

サイラスは、マイケルが手を前に出した瞬間を目撃したため、フランシーヌを突き落そうとしたように見えたらしい。だがマイケルは本当に驚いた顔をして、フランシーヌを摑もうとしていた。

そのことをサイラスやアーサーに話したとき、ふたりとも安堵した様子だった。

「男爵様が重い罪に問われたら、アーサー様も責任を負わなきゃいけないと聞きました。あたし、アーサー様に迷惑はかけたくないんです」

スージーはもともとグレアム伯爵家に仕えるメイドだった、とフランシーヌはこのとき初めて聞いた。

彼女の婚約者もグレアム伯爵家に勤める執事だと言う。このたび皇太子妃付きの侍女としてアーサーに推薦され、結婚までの半年弱、王宮で働くことになったのだ、と。

「では、スージーとは半年弱でお別れなのですね」

十八歳という年齢より幼く見えるが、無邪気で心根も優しい。サイラスのお手つきではない侍女ということが、フランシーヌの心を楽にしていた。

スージーとは仲よくしたいと思っていたのに、わずか半年と聞きがっかりする。

そのとき、フランシーヌはひとつのことを思い出した。

『あたしはただ……王女様と仲よくするな、話をするなと言われて』

マイケルのせいで、その場で確認することはできなかった。だが事実なら、誰がそう言ったのか知っておきたい。

「ねえ、スージー。ひとつ聞きたいことがあるのだけど」

「はい、なんでしょうか?」

スージーは手を止め、にっこりと笑ってフランシーヌのほうを向いた。

「あなたが昨日言っていた……」

尋ねようとしたとき、ふいに扉がノックされ、同時に侍女のジェシカが入ってきた。

それはまるで、扉の外で立ち聞きしていたような素早さだ。フランシーヌの言葉を、わざと遮ったように思えなくもない。

「スージー! 何をのんびりしているの!? もう港に入ったわよ」

「あ、申し訳ありません! でも、王女様の準備は整っていますので」

スージーが慌てて答えると、ピリピリした様子でジェシカは否定した。

「違うでしょう、スージー。今日からは〝皇太子妃殿下〟とお呼びするように、そう通達が出てたじゃないの!?」

ジェシカに言われ、スージーは慌てて頭を下げる。

「は、はい、気をつけます!」

叫ぶように答えたあと、「あ、あたし、甲板の様子を確認して来ようかなぁ」そんなことを口の中で呟きながら、スージーはそそくさと部屋から出て行ってしまう。

室内に残されたのは、フランシーヌとジェシカのふたり――。

堂々としていればいいと思いつつ、フランシーヌはどこか後ろめたい気持ちになる。

昨夜、サイラスはジェシカのもとを訪れる予定だった。だがフランシーヌが海に落ち、そんな彼女を助けてくれたことで、ふたりはこの部屋で一夜を過ごした。

(そしてわたくしは、サイラス殿下の本当の妻になったのだわ)

結ばれた瞬間は、俄《にわ》かに忘れがたい痛みを覚えた。だが、そのあとは……。思い起こすだけで頬が火照り、全身が熱くなってしまう。

今朝、目が覚めてからのサイラスも、昨日までの刺々しい彼とは別人のようだ。

フランシーヌが悪いことをしているわけではない。正式な結婚式を挙げて妻になったのだから、愛人に対して後ろめたく思う義理はないはずだ。

しかし、どれほどの正統性を頭に浮かべても、ジェシカからサイラスを奪った、という思いは消せない。

「海に落ちながら怪我ひとつないとは、妃殿下は見た目と違って、ずいぶん頑丈でいらっしゃるんですね。でも、皇太子であるサイラス様を巻き込まれることは感心しませんわ。妃の代わりなら、いくらでも用意できますけどね」

ジェシカの言い様にはカチンときたが、だが、言っていることは正しかった。サイラスとアレクサンドルを入れ替えて考えれば一目瞭然《いちもくりょうぜん》だ。

あなたの代わりはいないのだから、妻のために命を懸けるなど間違っている——そう説教をしてしまうだろう。

納得してしまえば、反論する気にはならない。

「ええ、そのとおりだわ。二度と、サイラス殿下にはご迷惑をおかけしないよう、気をつけなくてはね」

同意されたことに驚いたのか、ジェシカはフランシーヌの顔をまじまじと見ている。

フランシーヌは大きく息を吐き、思いきって尋ねてみた。

「ねえ、ジェシカ。スージーは誰かから、わたくしと仲よくしてはいけない、話もするな——そんなふうに言われたそうです。あなたはどうです？」

「……」

ジェシカは中空を睨んだまましばらく黙り込む。

やがて、ハアーッと息を吐き、つんと顎を上げてフランシーヌのほうを見た。

「おっしゃるとおりです。私も命令されました」

「それは誰ですか？」

フランシーヌも姿勢を正し、ジェシカの視線を真正面から受け止める。

「正直にお答えしてよろしいのかしら？」

「ええ。でも、あなたの立場に関わることなら、無理にとは——」

ジェシカを気遣い付け足したが、フランシーヌがすべてを言い終えないうちに、彼女は口を開いた。

「サイラス様ですわ」

彼女は勝ち誇ったような顔だ。

「あなたを抱く気はないとおっしゃっていたのに……。下半身の欲望に囚われたら、身分も何も忘れてしまわれるのだから、殿方と言うのは困りものですわね」

頭から冷水を浴びせられた気分というのは、こういうことを言うのだろう。覚悟はしていたが、幸福を知ってしまったフランシーヌにはきつい言葉だった。

余裕を失い、気の利いた返答もできずに立ち尽くしてしまう。

すると、ジェシカは追い打ちをかけるように言葉を足した。

「でも夜を過ごしただけで、間違いなく妻になったとは思われないほうがよろしいわ。こう言ってはなんですけれど、サイラス様はとてもずるい方ですから」

そんなことはない。サイラスと自分は神の前で夫婦の誓いを交わしたのだから。

そう言いたくて……なぜか言えないフランシーヌだった。

第五章　放蕩王子の真相

アップルトン王国フェアフィールド州南部の港町ワース――クレイ公爵領と領地を接する、アヴァロン王家の直轄領だ。

ワース一帯は比較的暖かく、海に面した保養地として発展している。王侯貴族のカントリーハウスだけでなく、富裕層の別荘も数多く建てられていた。

港には大勢の人々が見える。美しく着飾った貴婦人や、黒いフロックコートにトップハットをかぶった紳士、直轄領《ちょっかつりょう》の兵士や地元民まで。おそらくそのほとんどが、サイラスたちの出迎えにやって来た人々だろう。

地元民の子供だろうか？　気の早いことに、この船に向かって手を振っている。

まさか振り返す気にもならず、しだいに近づく港をみつめ、サイラスは大きなため息をついた。

昨夜、とうとうフランシーヌを抱いてしまった。

アーサーは今のところ何も言わない。彼が行動に移すのは、船を下り、サイラスの所有するカントリーハウス、ブラックウッド・パレスに入ったあとだろう。

(奴のことだ、速攻でエドワードに言いつけるぞ。そうなったらエドワードが飛んできて、だから言わんこっちゃないと、こんこんと説教されるんだ)

海に落ちたフランシーヌは、多少の水を飲んでいたが、すぐに意識を取り戻した。

彼女はうっすらと目を開け、サイラスの顔を見るなり、極上の笑みを浮かべて抱きついてきたのだ。あれには逆らう術もなく、ごく自然に抱きしめ返してしまった。

そのあとはもうなし崩し的に、手放すことができなくなり……。

手漕ぎ舟から大型帆船に戻り、そのまま船室に連れ込み、サイラス自身の手で彼女の服をすべて脱がせた。そして自らも服を脱ぎ、ひとつしかないベッドに潜り込んだのである。

言い訳ならできる。

水に濡れて冷えた身体を温め合うため、裸で抱き合っていただけだ、と。

決して、『あわよくば、目を覚ました彼女のほうから求めてくれるかも……』という思惑からではない。

(もちろん違うさ……たぶん)

本当のところは、サイラス自身もよくわかっていなかった。

なんと言っても一番の驚きは、フランシーヌがサイラスに恋をしていたということ。

世間の評判をそのまま信じ込んでいたわけではない。事前の調査でも『侍従武官のコンスタンと特別な関係にある』という報告を受けていたのだ。

ふたりは愛し合いながらも国のために引き裂かれた。だが、コンスタンは彼女を諦めることができず、追いかけてきてしまった。そして御者を殺害してまでフランシーヌを攫《さら》って逃げようとしたのだ。そこをサイラスに見つかり、彼女は愛する男を逃がして、自らが犠牲になろうとした。

とんだ茶番だ、と言いたいところだが、所詮、男と女だ。王女とはいえ、フランシーヌもひとりの女。恋に夢中になれば、愚か者にもなるだろう。

だが、そう思い込んでいたサイラスが一番の愚か者だったらしい。

二十二歳になったフランシーヌは無垢なままで、サイラスが迎えに行くのを待っていてくれたとは。

(そんな彼女に、私はなんという真似をしてしまったんだ)

昨夜の失態を思い出すだけで、サイラスは頭を抱えてしまう。

フランシーヌは口づけを交わすたびに目を潤ませた。そして彼女の肌に触れ、敏感な部分を愛撫するだけで、息を荒くしてあっという間に秘所を濡らし始める。きっとコンスタンを相手に、たくさんの経験を積んだせいだ、と疑いもしなかった。

だが、彼女の反応すべてが、恋する相手――サイラスに触れられたせいだったとは、予想もしていない。

それにも気づかず、強引に破瓜してしまった。

フランシーヌは苦痛に顔を歪ませ、歯を食い縛っていた。ベッドの上で女に我慢を強いるなど、恥ずべきことだ。

（おまけに……早撃ちもいいところだ）

サイラスはさらに大きなため息をつきながら、手すりに軽く額を打ちつける。

女の扱いには慣れているつもりだった。周囲に思わせているほどではないが、アーサーやエドワードに比べれば、数はこなしているはずだ。

それが……。

たしかに、再会した夜からずっと、フランシーヌの存在に焦れていた。顔を見るたびに欲しくなり、初夜に酷い言葉で突き放したのも、本当の妻にしてしまわないためだ。

ほんの数年前までのサイラスは——女王にとってたったひとりの息子、歳の離れた末っ子、という立場に甘えきっていた。

もともと血統の存続を期待されるだけで、能力は期待されていない。優秀な側近がいるので、むしろサイラスが口を挟まないほうが楽とすら思われているきらいがある。

だったら期待に応えてやろうと思った。

余計なことをして失敗するより、人任せにしていたほうがサイラス自身も楽なのだから、と。

しかし、そうも言っていられなくなったのが二年前。マーガレット女王が倒れた直後のこと。

女王は万にひとつ、自分が秘密を抱えたまま死んでしまうことを恐れ、サイラスに真実を話したのである。

それは神をも欺《あざむ》く真実で、彼が女王の息子ではない、という告白だった。

思えば、サイラスが生まれたとき、女王はすでに三十八歳。第四王女を産んで十四年も経っての唐突な懐妊発表に誰もが驚いたと言う。

しかも発表直後、このブラックウッド・パレスに第三王女アリスを伴い、半年間も籠もっての出産。その間の公務はすべて王配バーロウ公爵に委ねていた。

女王の身に何かあったのではないか。そんな悪い噂がイーデン市の社交界に広がっても、女王は王宮に戻ってはこなかった。

だが、第一王子誕生の発表があり、サイラスを連れて帰ってきたときは、イーデン市はこれ以上ないほどのお祭り騒ぎだったと聞く。

まさかそのサイラスを産んだのが、十六歳になったばかりのアリスだとは……誰も、想像もしなかっただろう。

サイラスはアリスが未婚で産んだ息子だった。

女王がアリスの妊娠を知ったとき、すぐに結婚相手を見つけたところで、国教会を騙《だま》すことは困難な月数だったと言う。

だが、王女を未婚の母にはできない。真実を公表してしまえば、十六歳の王女は修道女になるしかなくなる。血の繋がった孫は神の祝福も受けられず、人目につかない僻地で一生を終えさせることになってしまう。

それだけはなんとしても避けたかった——女王はそう話した。

アリスと女王はよく似ており、美しい金髪と碧眼《へきがん》をしている。それは息子のサイラスにも引き継がれ、誰もが母や姉によく似ていると納得したらしい。

その後アリスは、十八歳でアップルトン王国の属国にあたる公国の領主に嫁いだが、十年も経たずに夫は病死。義弟が領主の地位を継承したため、アリスはふたりの娘を連れてイーデン市に戻ってきた。

現在はその娘たちも嫁ぎ、アリスは王宮の片隅で静かに暮らしている。

年齢のわりには美しいが、いささか覇気がなく、なぜかサイラスと距離を取ろうとする三番目の姉。おそらく、夫の弟に公国から追い払われ、出戻りとなったことで肩身の狭い気持ちでいるのだろう。

サイラスはそんなふうに納得し、アリスを気遣ってしつこく近寄ることはしなかった。そして、公女の称号を持ちながら国を追われたふたりの姪に対して、極力優しく接したのだった。

まさか、その姪たちが実は血の繋がった妹で、アリスの苦悩が母と名乗れないつらさだとは思いもしない。

だが、アリスは今も、サイラスが真実を聞かされたことを知らずにいる。

その理由は国教会にあった。

近隣諸国はカトリックを国教に定めている国が多い。リュクレース王国もそうだ。

一方、アップルトン王国には独自の国教会がある。その権力はかなりのもので、女王が国教会を蔑ろにすれば、彼らは別の王位継承者を担ぎ出すだろう。

その国教会が、庶子や私生児には父方はもちろん、母方からも一切のものを受け継ぐことは許されない、と規定していた。

サイラスは間違いなく女王の血を受け継いでいる。しかし、私生児であるため後継者にはなりえなかった。

正統な後継者は第一王女のベアトリスだ。

だが、どんなことがあっても、女王が娘や孫のために国教会を欺いたことだけは隠し通さなければならない。

おおやけになれば、ようやく落ちつきを取り戻したリュクレース王国にも影響を与えるだろう。

だからこそ、正統性を理由に譲るわけにはいかない。

放蕩者のサイラスにこの国は任せられない。それくらいなら、真面目で保守的、男子の後継者もいる第一王女の息子、ローランドに託されるべきだ。

そういった方向に世論を持っていかなくてはならなかった。

王女としての誇りを第一に育てられたフランシーヌ。両国の関係が変わらず、サイラス以外の誰かに嫁がされたとしても、どこかの国の王子妃となっただろう。そんな彼女を妻にしながら、皇太子を降りるような行動に出るということは……。

サイラスは夫として最悪の振る舞いをしなくてはならない。

同盟を結ぶために結婚式は必須だ。だが阻止しようと慌てて動き出すであろう反対派を一掃したあと、結婚を無効にするしかない。

フランシーヌにとっては悪い話ではない。彼女を本当の妻にはせず、後々、好きな男と結婚できるようにしてやる。そうなれば、逆に感謝されるのではないか。

彼は本気でそんな計画を立てていた。

(それが……まさか、こんな事態に陥るとは)

十二年前のほんの短い時間を一緒に過ごし、そのとき、わざと意地悪なことを言って泣かせてしまった少女。

わずか十歳の彼女に、胸やヒップに肉がついていないからといって『発育不良』などと言うべきではなかった。彼女は発達段階にあり、その証拠に、フランシーヌは見事なまでに美しい女性へと成長した。

白鳥の雛はくすんだ灰色をしていると言う。サイラスはそんな雛鳥を相手に『おまえの羽は美しくない』と偉そうに言っていたのだから……。

自らが雛鳥にすぎないという、滑稽《こっけい》な姿を晒したようなものである。

真実の立場も知らず、婚約は嫌だ、皇太子になるのは嫌だ、と駄々をこねていた。

フランシーヌに穢《けが》れのない漆黒の瞳で見上げられたとき、我がまま王子の本性を見抜かれた気がして、いきがって見せただけだった。

(とはいえ、十二年経ってもこのザマだ。我ながら、情けなくて話にならんな。最初の計画どおり、やっぱり身を引いたほうが……)

サイラスが気弱になり始めたとき、背後に人の気配を感じた。

「――サイラス殿下」

振り返るより先にフランシーヌの声が聞こえ、そして振り向いた瞬間、彼は息を呑んだ。

襟首から裾まで、何十個もの連なる釦をきちんと留めている。上品で清楚なワンピースドレスは、フランシーヌの近寄りがたい魅力を際立たせていた。

凛《りん》として気高い黒曜石の瞳を持つ王女。

その姿を見るだけでサイラスの息は上がり、気分は高揚する。そして、どうしようもなく欲しくなるのだ。

フランシーヌにはコンスタンという恋人がいるのに、ひれ伏してでも愛を乞いたい――宿屋で再会して以降、これまで経験したことのない感情に囚われた。

その思いは彼に、屈服させられたような辱めを与え……。

結果、やたらフランシーヌを貶める言葉を口にして、乱暴にキスしたり、突き放したりしてしまったのだ。

（フランシーヌにすれば、いい迷惑だったろうな）

しみじみとそんなことを考える。

皇太子として、この結婚は〝成立した〟と見せなければならない。しかし、正統な権利を持つ王子に今の地位を明け渡す必要もあるのだ。

厄介な立場な上、フランシーヌへの抗いがたい恋情まで絡んできて……。

サイラスがそんな思いを持て余していると、彼女は敏感に察知する。とくに責めるわけではないが、ふいに心の扉に鍵をかけ、彼を閉め出してしまうのだ。

だが、今のフランシーヌは違った。

どうやら上陸の支度をする間に何かあったらしい。すでに思うことがあるのか、今にも泣きそうな瞳でサイラスのことをみつめている。

その憂いを帯びた瞳ですら、彼の欲望に火を点けようとするのだが……。

ひとまず、サイラスは自身の呼吸を整え、冷静さを取り戻した。

「清楚なドレスがよく似合う。ほら、見えるだろう？　港では私たちの——いや、きっと皇太子妃の到着を待ち侘《わ》びている」

フランシーヌに向かって手を伸ばし、強引に手首を掴んで引き寄せる。

残った手を彼女の腰に添え、腕の中に抱え込むようにした。

「さて、正直に言ってくれないか、フランシーヌ。今度は私の何に怒ってるんだ？」

彼女は嘘をつく女ではない。尋ねたら、正直に話してくれる。

それでいて、なんでも話さずにいられない、おしゃべりな女でもなかった。それはサイラスの経験からすれば貴重なタイプだ。

しかも、サイラスを頼って甘えてくれる。その理由は〝皇太子〟だから、ではなく〝夫〟だから。それは生まれて初めて、彼自身に与えられた価値だった。

サイラスは彼女の頬にキスしながら、再度尋ねる。

「ワンピースドレスの色が不満か？　それとも、ウエディングドレスが色の濃い象牙色だったから、それを思い出したのか？」

「違います。清楚だなんて……お気遣いは無用に願います。地味なわたくしにすれば、どちらも目立たない色のドレスでありがたいと思っています」

フランシーヌはとり澄ました声で答える。

そういった仕草は怒っている証拠だ。まだ数日の付き合いだが、彼女のことはいろいろとわかってきた。

「それだけじゃないだろう？　正直に言わないなら、キスするぞ」

「サ、サイラス殿下!?」

とたんに彼女の声が裏返った。

「アーサーが止めに来ても、出迎えの人々の目の前であっても、おまえが正直に白状するまでキスはやめない。それでもいいか？　それとも、キスじゃ喜ばせるだけかな？」

フランシーヌは慌てた様子で唇を押さえ、うっすらと頬を赤くする。

彼女の表情が可愛らしくて、答えはどうでもいいから本当にキスしていいだろうか？　そんなことまで考えてしまう。

「殿下が……おっしゃったのでしょう？」

「何を？」

「男爵に襲われたとき、スージーが言ったのです。わたくしと仲よくしてはいけないし、話をしてもいけない、そう命令された、と。そして、侍女のジェシカ・デーンズが教えてくれました。その命令をしたのは――」

「ああ、私だ」

ごまかすのも白々しいので、サイラスはきっぱりと答えた。

「どうして……そんな……」

漆黒の瞳が限界まで見開かれる。

思わず、心を揺さぶられ、衝動的に彼女の腰を抱いた手に力を入れてしまう。

すると、フランシーヌのほうから身を捩らせ、逃げ出そうとした。

「逃げるな。理由を聞きたいんじゃないのか?」

「嘘ではなくて、本当のことを教えてくださいますか?」

サイラスは深呼吸したあと、彼女の目をしっかりとみつめ返してうなずいた。

「おまえとコンスタンはすでに夫婦同然の仲だと、そう聞いていたからだ」

世間の噂だけで判断したわけではない。首都カルノー市の宮廷に潜入させた諜報員《ちょうほういん》からも、同じ内容の報告書を受け取っていた。

その書簡はエドワードやアーサーも目を通しているので間違いない。

「私さえ、おまえに手を出さなければ……結婚を無効にして、おまえを好きな男のもとに返してやれる。そう思っていたんだ。そのためにも、侍女たちとは仲よくなり過ぎないほうがいい。だから、あんな命令をした」

サイラス側の都合は話さず、すべてフランシーヌのため、で押し通した。少々ずるいのは承知の上だ。

どうせ、ここですべてを話すわけにもいかない。

「わたくしは……国に送り返されるのですか?」

「国じゃない。おまえが好きな男と添い遂げられるように、と」

「サイラス殿下です! わたくしが好きなのは……あ、あなただと、そう言っているのに、信じてくださらないのですか?」

無意識なのだろう。

フランシーヌは思いを告げるとき、サイラスにしがみついてくる。信じられないくらい親密に肌を寄せてくるので、サイラスのほうが動揺してしまう。

(だから余計に、コンスタンとの仲を疑った……なんてことは、今さら言えんな)

そんなサイラスの胸に浮かんだのは、宿屋に踏み込んだときのフランシーヌの姿だった。

彼女があれほどまで酒に弱いとは思わず、目を覚まさせるために口移しでけっこうな量を飲ませてしまった。

挙げ句の果てに、

『早急にコンスタンを捕まえ、私の前まで連れて来い——生死は問わん』

あんな言い方をしたばかりに、酒に酔ってろれつの回らなくなったフランシーヌは、今のように必死になって縋りついてきたのだ。

一連のフランシーヌの言動は、一瞬で彼の独占欲に火を点けた。

あの夜の、焼け付くような劣情を思い出した瞬間、サイラスは彼女の唇を奪っていた。

情熱的にふたりの唇を重ねて、やがて舌先で割り込もうとする。最初のころはこの辺りで彼女の抵抗が始まったが、今はそんなことはなかった。

「んんっ……んっふ」

フランシーヌの唇がわずかに開き、サイラスはすかさず舌を滑り込ませた。

中には甘やかな空間が広がり、彼を優しく受け止めてくれた。柔らかくて、吸いつくような舌触りに、触れ合う場所から神経が蕩けてしまいそうになる。彼は口腔内を味わうようにゆっくりと舐め回す。

すると、少しずつ、サイラスの中に昨夜のことが浮かんできてしまう。

このままクラヴァットを外し、フロックコートも脱ぎ捨ててしまいたい。彼女を抱きかかえて船室に戻り、心ゆくまで愛し合えたなら、どれほど幸せな気持ちになれるだろう。

想像するだけでサイラスの下腹部に熱が集まり始める。

直後――背後からアーサーの咳払いが聞こえた。

「皇太子殿下、重ね重ねお邪魔して申し訳ありませんが……もうちょっとだけ我慢してくださいませんか？　ベックフォード卿の挨拶をお受けになり、ブラックウッド・パレスに入ったあとは、好きにしてくださってかまいませんから」

アーサーからは『いい加減にしてくれ』といった心の声が聞こえてくるようだ。

ライオネル・ベックフォード卿はフェアフィールド州内直轄領の知事を任せている男だった。七十歳を超えた高齢で、フェアフィールド州の決定権は大領主であるクレイ公爵エドワードにあるため、当人はワースでのんびり過ごしているという。

もともとがクレイ公爵家の分家筋にあたるため、ベックフォード卿にとっては楽隠居も同然、肩書きだけの役職だった。

一方、我に返った様子でサイラスから離れようとしたフランシーヌだったが、サイラスのほうは彼女を自由にするつもりはなかった。

しっかりと腰に手を当てたまま、アーサーにちらっと視線を向ける。

「ベックフォード卿だけか？　エドワードが手ぐすねを引いて待ちかまえているんじゃないのか？」

昨日今日と船上での出来事は、さすがに陸まで報告はできていないだろう。

だが昨日、ドグルターニュ港を出る直前、アーサーはサイラスたちの出発を知らせるべく、小型の快速帆船を先行させたはずだ。

リュクレース側には知らせていないが、この船とつかず離れずの距離を航行している軍艦があった。万一のときは合図に大砲を打ち上げる。すると、その軍艦が速攻で駆けつけてくる段取りになっている。

そういった手配も含む、皇太子妃受け入れの準備をするためにも、ブラックウッド・パレスにエドワードがいないわけがなかった。

思ったとおり、

「そ、それは……どうでしょうか？」

アーサーは視線を泳がせながら答える。

そのとき、サイラスと少しでも距離を取ろうとしていたフランシーヌが、おずおずと口を開いた。

「あの……サイラス殿下？　その方は、我が国にもいらしたクレイ公爵のことでしょうか？」

「ああ、そうだ。リュクレースには革命が一段落したあと、しばらく滞在したと聞いてる」

思い出しながら答えるが、フランシーヌの顔は見る見るうちに曇っていく。

「どうした？　まさか、奴に限っておまえに何かしたとは思えないんだが」

嫌な気配を感じて口早に尋ねるが、彼女はサイラス以上に慌てて返事をしてきた。

「もちろんでございます！　何もされてはおりません。ただ、未来の皇太子妃として、わたくしのことは好まれていないようでした。ですから、コンスタンとの噂を殿下に報告したのは、クレイ公爵なのかと思いまして……」

たしかに、エドワードもその噂を耳にしたと聞いている。

だが、報告書を作成したのは彼ではなかった。

「おまえの言いたいことはわかる。エドワードは強面の上、融通の利かない堅物だからな。ただ、だからこそ、私の婚約者である王女の様子を窺っていただけだと思うぞ」

「……そうでしょうか？」

サイラスは確信に満ちた表情でうなずいた。

たぶん間違いないだろう。エドワードは老若男女、誰に対しても礼儀正しい。アップルトンの貴族として、紳士であり、慈悲深く、模範的な生活を送っている。

ひとつ欠点を挙げるなら、女嫌いという点か。

彼の中で、未婚の娘は無垢であることが絶対だ。加えて、人妻には貞節、未亡人には献身を求めている。

そんな男がフランシーヌとコンスタンの噂を耳にすれば、睨みつけるくらいはしただろう。

「クレイ公爵は女王陛下の信頼も厚いのでしょう？　そんな方に、皇太子妃にふさわしくないと言われたら……リュクレースに追い返されてしまうのが怖いのです」

心から怯えているフランシーヌの姿に、彼はドキッとした。

彼女はサイラスのことが好きだと言っている。

だが、〝サイラスの妻でいたい〟ということは、〝皇太子妃でいたい〟ということではないのだろうか？

『恋を、していてはダメですか？』

フランシーヌのあの言葉に、彼女はサイラスに恋をしているのだ、と思い込んだ。だが、アップルトンの皇太子に恋をしているのだとしたら……。

私生児だという真実を知れば、彼女のサイラスを見るまなざしは、侮蔑に変わるかもしれない。

そんな男に抱かれたことを、後悔するかもしれないのだ。

サイラスは動揺を抑えて言葉を返した。

「大丈夫だ。おまえ以上に、皇太子妃にふさわしい女はいない。エドワードがどれほど反対しても、私が奴を抑える。それとも、夫の言葉が信じられないか？　私はそんなに頼りにならない男だろうか？」

本当のことを言わずに、こんな質問は無意味だ。

そう思いながらも、サイラスは問わずにはいられなかった。

「もちろん、信じています。わたくしには、サイラス殿下だけですもの」

フランシーヌは邪気のない笑顔は、サイラスの胸を狂おしいほどに焦がした。

☆　☆　☆

「このたびは、ご結婚おめでとうございます」

ブラックウッド・パレスにあるサイラスの執務室で、クレイ公爵——エドワードは待っていた。彼は粛々と頭を下げ、最初に結婚の祝いを口にした。

アッシュブロンドの髪を短めに整え、狼のような鋭さを持つ琥珀色の瞳でサイラスを見据える。

彼は二十歳そこそこのころから、三十歳前後に見られることが多かった。今年の終わりには二十八歳になるが、やはり三十代前半と言われている。この調子なら、四十代になっても三十代と言われるのではないだろうか。

（羨ましいような、気の毒のような……）

サイラスのような金髪碧眼は若々しく見られることが多い。だがそれだけで、〝軽薄〟という烙印《らくいん》を押されてしまいがちだ。

ただ、これまでは、その見た目を利用してきたのも事実だった。

「おめでとうございます、か――まさか、本気じゃないだろう？」

人生の七割以上の時間を、軽薄な笑顔で茶化しながら生きてきたサイラスが、今は真面目な顔でエドワードをみつめる。

エドワードはそんなサイラスの視線を正面から受け止め、

「皇太子殿下のご結婚を喜ばないアップルトン国民はおりません。非常におめでたいことだと思っております」

当然のごとく答えた。

もともと無表情な男だが、今日はさらに感情を抑えようとしているようだ。彼の本心は全く見えず、察することすら困難に思える。

「アーサーから聞いたんだろう？　自制もできないなら、最初から余計なことをするな――と怒りたいんじゃないのか？」

サイラスの出生の秘密は、誰にでも聞かせられる話ではない。

女王と実母であるアリス、そしてエドワード――真実を知っており、現在も生きているのはサイラスも含めてこの四人だけだ。

『国王なんて私の柄じゃないだろう？　好みでもない王女を妻にして、子作りのために抱くのも御免だ。適当な地位をもらって、自由に恋をして、もっと気楽に生きたいんだよ。纏まった金をもらえるなら、国を出てもいい』

サイラスがそんなことを言い出したとき、エドワード以外の側近たちは、彼ならこれくらい言ってもおかしくない、と思ったようだ。

ただ、とんでもないことを言っていても、エドワードに任せておけば、説き伏せてくれるだろう。その程度に考えていたらしい。

そしてサイラスも同じ思いを持っていた。

エドワードなら、サイラスが納得できる理由を引っ張り出し、国王になってもいい、いや、ならなければダメだ、と証明してくれるのではないか、と。

女王の産んだたったひとりの王子であることを喜ばれ、正統な血筋を繋ぐことを期待され、国王にならなくてはいけないと言われて育った。

実はアリスの産んだ私生児――その事実は、彼の人生観を根底から覆《くつがえ》した。それでも王座に座らなければならないなら、納得できる理由が欲しかったのだ。

だが今回、そのエドワードまでもが、『皇太子殿下のお望みのままに』と突き放してきた。思えば、常日頃から教会の教えを順守してきたエドワードにとって、どちらを選択しても苦渋の決断となるのだろう。

長年、当然のように従えてきたエドワードとも、この機会に決別しなくてはならない。サイラスが放蕩の果てにアップルトン王国を去れば、彼も安堵するはずだ。

(そう思っていたのに……これはちょっと、予想外だったな)

まさかフランシーヌに、これほどまで惹かれることになろうとは。

女性絡みでコントロール不可能な状況に追い込まれるなど、これまでのサイラスにはあり得ないことだった。

マホガニーの重厚な机に合わせて置かれた、黒い革張りの椅子からサイラスは立ち上がり、窓際に歩み寄る。

窓の外には海が広がっていた。

リュクレースに行く前と合わせて、十日近くも海を見続けている。だが、波の音や潮の香りに、とくに飽きたとは思えない。どうやら、自分は海が好きらしい。

(初めての経験は、恋愛絡みだけじゃなさそうだ)

ふと、昨夜の〝初めて〟を思い出し、すぐさまフランシーヌの顔が思い浮かんだ。

彼女はひとりで主寝室に入り、休憩しているはずだ。初めての異国、それも少し前まで敵国だったアップルトンで、いきなりひとりぼっちにされたのである。寂しく不安な思いをしているのではないだろうか？

考え始めると気になって仕方がない。

（もう、室内用のドレスに着替えただろうか？　あのワンピースドレス……私の手で脱がせたかったな）

そんな色めいた考えまで浮かび、サイラスは執務室を飛び出したくなる。

ハアーッと大きなため息をついたとき、なぜか背後から忍び笑いが聞こえてきた。驚いて振り返ると、うつむいて口元を押さえるエドワードの姿がある。

「いえ、失礼いたしました」

（笑って……いたのか？　エ、エドワードに何があったんだ!?）

色っぽい気分が一瞬で吹き飛んだ。

懸命に感情を殺していた数分前のエドワードとは別人のようで、サイラスはまじまじと彼の顔を見た。

「何が可笑しい？　笑った理由を言え」

「理性を失い、自らを制することができなくなって初めて――人は恋に落ちたことに気づくものです」

「……」

恋について語り始めたエドワードの姿に、サイラスは開いた口が塞がらない。

たしかに、エドワードは結婚して半年も経たない新婚だった。クレイ公爵なら王女が降嫁してもおかしくない身分だ。それにもかかわらず、新興伯爵家の十七歳の娘を妻に迎えた。

サイラスも一度会ったことがあるが、砂糖菓子《コンフィズリー》でできた人形にように可愛らしい娘だった。

しかし、公爵夫人の称号にはとうていふさわしいとは思えず……。案の定、周囲の大反対にあったらしい。結婚に漕ぎつけるまでには、ずいぶんあちこちに根回しをして、頭を下げて回ったと聞いている。

女王の命令でサイラスがクレイ公爵の結婚を許可したが、その直後は彼らしくない噂も流れていた。

「そう言えば、おまえが花嫁相手に婚前交渉の罪を犯したらしい、と噂になっていたな」

「…………殿下、その件はご容赦ください」

うっすらと頬を染め、恐縮するエドワードの姿を見たのは初めてだ。数日前のサイラスなら、散々からかって遊ぶところだろう。

だが、サイラスは窓の縁に腰をかけ、微苦笑を浮かべた。

「おまえなら、いい夫になる。いい父親にもなるだろう」

エドワードの父親、先代クレイ公爵も立派な人物だった。女王が秘密を打ち明けるくらい、信頼を寄せていた。その父親に輪をかけて優秀と言われるエドワードなら、誰が王位に就いてもその片腕となり、立派に国政の舵取りに尽力するだろう。

「殿下がおっしゃりたいのは、私には立派な父がいたから、と言うことでしょうか？」

エドワードは複雑そうな声で尋ねる。

だがそれには答えず、サイラスは無言のまま彼に背中を向けた。

「僭越《せんえつ》ながら……私は殿下のお父上について何も聞かされておりません。殿下も同じと伺っております。決断する前に、アリス殿下にご確認されたほうがよろしいのではありませんか？」

「聞かなくてもわかる。無責任この上ない男か、女を手籠めにして喜ぶ悪党か——最悪の二者択一だな。これ以上、姉上を苦しめたくない」

サイラスの出生については聞かされたが、そのアリスを妊娠させた男について、女王は何も言わなかった。

その点はエドワードも聞かされていない。彼の調査では……アリスは出産の前年、アップルトンよりもっと北、キリル帝国に向かう途中で戦禍に巻き込まれ、急遽帰国した、ということしかわからなかった。

おそらくはその往復のどちらかで、人には話せないような出来事があったのだろう。

「では、このたびのご結婚、どうされるおつもりですか？」

エドワードに追及されるだろうとは思っていた。だが、まだ答えは出せずにいる。

とくにフランシーヌのことを言われたら、冷静さを失ってしまう。

「リュクレースの王女を妻としながら、廃太子を画策《かくさく》するなど愚《ぐ》の骨頂《こっちょう》。投げ捨てた自制心と同様に、すべての不満や疑念も捨てるしかないでしょう」

「それは、フランシーヌを選んだのだから、このまま王位に就けと言うことか？」

「私に尋ねられても困ります。同盟が成立した今となっては、リュクレースに王女の戻る場所はありません。皇太子妃という地位がなければ、アップルトンにも居場所はない。それどころか、殿下が計画した結婚の真実を知れば……」

「黙れ！　それ以上言うな!!」

堪えきれなくなり、サイラスは怒鳴りつけた。

エドワードは命令どおり、口を閉じて黙り込む。

そして、どれくらいの時間が過ぎただろうか。沈黙に居た堪れなくなり、サイラスが執務室を出ようとしたとき――。

「私がバルツァー帝国を訪れたとき、フランシーヌ王女のお母上に面会いたしました」

エドワードが話し始めた思いもよらない内容に、サイラスは啞然とする。

リュクレース王国は男子の継承しか認めていない。そのため、後継者を産んだとたん、マクシミリオン国王は王妃を用無し扱いして追い払ったのだ。

そんな話を聞いたとき、サイラスは気の毒に思ったことを覚えている。

だがエドワードの話は、その感想を撤回せざるを得ないものだった。

――リュクレースに残った子供たちに救いの手を差し伸べるなら、アップルトンも協力を惜しまない。

そう申し出たエドワードに、王妃は唾棄《だき》するように言い放った。

『リュクレースの話題など出さないでちょうだい！　ヴィルパン王家など、勝手に潰れたらいいのよ。私には関係ありません！』

王妃の口から、我が子を案じる言葉は一切出なかったと言う。

「とんでもない両親から生まれても、フランシーヌ王女は弟妹を守って長い年月を過ごされた。子供は親を見て育ちますが、親と同じにはなりません。殿下、あなたがたとえ悪党の息子でも、放蕩王子の汚名はそろそろ返上すべきではありませんか？」

エドワードの言葉に、サイラスは答えることができなかった。

☆　☆　☆

白壁に目立つ大きな黒い梁《はり》が何本も使われている。遠目には黒い館に見え、それがブラックウッド・パレスという名称の由来だとアーサーが教えてくれた。

『申し訳ございません。皇太子殿下は二、三の用事を済ませしだい、すぐに戻られますので』

船に乗り込むまで、アーサーの態度をどこか居丈高に感じていた。ところが、一夜明けたらフランシーヌの扱いが変わったように思えるのはなぜだろう。

変わったのはアーサーだけではない。サイラスもどこかが変わってしまった。

フランシーヌがひっそりと彼をみつめていたとき、激しさの中に時折見せる優しさが、彼女の心を強く惹きつけた。

海に落ちたことは恐ろしい経験だった。

だが、あの出来事がなければ、彼女は今も思いを口にすることはなかっただろう。

本当の夫婦になった瞬間の痛みも、あれに耐えたことで、サイラスにコンスタンとの噂は誤解だとわかってもらえたのである。

胸のつかえが取れたと思った直後、今度はサイラスのほうからも彼女に熱いまなざしを注ぐようになり……。

きちんとした愛の言葉はないものの、彼もフランシーヌのことを思ってくれている。そうでなければ、義務感だけで海に飛び込んだりはしないだろう。

想像はしだいに確信となり、フランシーヌの胸を甘い喜びでいっぱいに満たしてくれた。

ところがワースの港が見え、アップルトン王国が近づくにつれて、サイラスの表情に迷いが浮かび始めたのだ。

（アップルトンが近づいてきて、愛する女性が彼の帰りを待っていることを思い出されたのだわ）

婚約から結婚まで十二年もかけたとはいえ、実際はたった一夜で縮まった距離だった。

こうして離れている時間が増えるごとに、彼との距離も離れていく。いや、本来の距離に戻っていくと言うべきなのかもしれない。

『私さえ、おまえに手を出さなければ……結婚を無効にして、おまえを好きな男のもとに返してやれる。そう思っていたんだ』

それがサイラスの望んだ本来の距離。

（わたくしが『好き』なんて言ってしまったから……）

コンスタンのもとに帰すわけにもいかなくなって、サイラスは困っているのだろう。

顔を見たら、はっきりと言おう。『あなたの邪魔はいたしません』そう言えば、きっと彼も安心してくれる。

夫婦として繋がる行為は気持ちのいいものではなかったが、サイラスに触れてもらうことは、たとえようのないほど心地よいものだった。

それに皇太子妃の義務として、フランシーヌは子供を、それも男子を産まなくてはならない。

アップルトンのアヴァロン王家では女子の継承を認められている。だが男子優先で、女王の誕生は望まれていないのが実情だと習った。

どれほど美しい歌姫を愛していても、サイラスは子供を作る義務を果たすため、フランシーヌを抱かなくてはならない。

「そのときは、笑顔でお迎えしなくてはね……それが妻の役割なのだし、わたくしはそのために嫁いできたのだから」

フランシーヌが夫を愛することは自由だ。

たとえ愛されていなくても、一夜で飽きたと言われても……。

ふたりの間に子供が授かったときは、サイラスもフランシーヌの存在をもっと身近に感じてくれるかもしれない。

だがそのとき、フランシーヌはハッと我に返った。

彼の評判から考えて、すでに庶子の数人はいるかもしれない。それならば、フランシーヌが子供を産んだとしても、彼にとって特別な存在にはなりえない。

カタン……カタカタと強い風が吹きつけ、窓が揺れる。

フランシーヌはビクッとして自分で自分の身体を抱きしめるようにした。

エリュアール宮殿はあちこちが傷み、歴史を感じさせる建物だった。あちらに比べると、このブラックウッド・パレスはかなり新しい。調度品も機能重視で揃えられており、灯りも消火が簡単な最新式のオイルランプが置かれてあった。

水色を基調にした壁、天井は鮮やかな青で、夏の空を見上げている気持ちになる。絨毯は毛足の短い若草色をしており、まさに草原を散策しているようだった。

天蓋のないベッドを見たとき、どこか心許なく感じたのはたしかだ。

だが、既成のものに囚われない自由さこそ、サイラスのイメージそのものに思える。

「大丈夫……大丈夫よ。アップルトンの言葉はわかるのだし、もし仮に、ひとりでここに残されたとしても、わたくしは大丈……夫」

自分の声にした瞬間、ふわっと涙が浮かび、目の前がゆらゆらと揺らいだ。

ふたたび、今度は背後でガタンと音がした。振り返るのが怖くて、フランシーヌは自分を抱きしめる手に力を込める。

その直後、温もりが彼女を包み込んだ。

「ひとりにしてすまない。異国の地で放っておかれて、怖かっただろう？」

サイラスの声を聞くなり、大きく息を吐き、胸を撫で下ろした。

「い、いえ……わたくしはひとりでも平気ですので」

「おまえは、大粒の涙を浮かべながら、それでも平気だって言うんだな」

感心したような、それでいて呆れたような、サイラスの声だった。

「すみません。どうすればいいのか、よくわからないのです。でも、サイラス殿下が戻ってきてくださって、ホッといたしました。あ、あの……」

フランシーヌは先ほど考えたことを早速言葉にしてみる。

「わたくしは、あなたの邪魔はいたしません。どうぞ、殿下が望むようになさってください。ただ……子供が授かるよう、時折でかまいませんので、わたくしのことも愛してほしいのです。……ダメでしょうか？」

サイラスの青い目が見開かれ、息を呑んだ直後、引っ攫うようにして抱きしめられた。

ワンピースドレスを脱ぎ、今のフランシーヌは白い綿モスリンのシュミーズドレス一枚という軽装に着替えさせられている。

ハイウエストにリボンが巻かれていて、それをほどけばあっという間に脱げてしまうデザインだった。

「さっきのワンピースドレス、この手で脱がせたかったたな。非常に残念だ」

その言葉が心から残念そうで、フランシーヌは思わず呟いていた。

「では、この……シュミーズドレスを、脱がしていただいても……」

口にしたあとで、はしたなさに頬を赤らめる。

(わたくしはどうしてしまったの？　自分から、抱いてくださいと言っているようなものではないの)

すると、サイラスは彼女を抱きしめたまま、クックッと笑い始めた。

「まったく。おまえのような女は初めてだ。結婚式のときは、あんなに冷たかったのに。キスのあと唇を拭われるのは、男にとってかなりのショックなんだぞ」

「え？　あれくらいのことで……？」

酷く怒らせてしまったことは覚えているが、ショックを与えていたなど思いもしなかった。

「私は臆病者《おくびょうもの》だからな。それに、確かなものが何もない」

「そんなこと……」

「腕はそこそこ立つつもりだが、きっとおまえたちを守って戦ったというコンスタンには及ばないだろう。知恵や人徳はクレイ公爵に及ばず、個人の資産はアーサーに及ばない。摂政皇太子の権力は諸刃《もろは》の剣で、迂闊には使えない。ほら、ないものばかりだ」

サイラスが何を言わんとしているのか、フランシーヌにはわからない。

だが、彼の青い瞳は今まで見たこともないほど、儚げに霞んで見えた。そのまま消えてしまいそうで、不安で堪らなくなる。

「もし、皇太子の地位まで失えば……」

「いいえ、サイラス殿下。恥ずかしながら我が父は、王である自分にできないことはない、と言っておりました。でも、あなたは違います。有能な人間を認めることができれば、サイラス殿下の力は無限に広がります！」

フランシーヌは必死で言葉を選ぶ。

離れていた数時間のうちに、サイラスはフランシーヌのことで何か言われたのだ。彼女の命を救った件で、エドワードを通じて女王から叱られた可能性もある。あるいは、指輪の色が変わっていたことが女王の耳に入ってしまったのかも……。

もし本気でフランシーヌを妻にするつもりなら、皇太子の地位を剥奪《はくだつ》する——そんな言葉があったのかもしれない。

「わたくしも何も持ってはおりません。殿下に救っていただいたこの命だけ……。サイラス殿下に捧げられるものは、それだけです」

サイラスは息を止めて彼女をみつめた。

「それは、どういう意味だ？」

「アップルトンの国教会は離婚を認めていないと聞きます。でも、死別のときは再婚が可能なのでしょう？　わたくしがいなくなれば……」

ガッと両腕を摑まれ、揺さぶられた。

「何を馬鹿なことを!?　殺すくらいなら、飛び込んで助けたりはしない！　好きだと言いながら、まだ信じないのか？」

フランシーヌは彼から視線を逸らし、懸命に考えた。

「いいえ、す、好きではありません！　本当は……コンスタンに、だ……抱かれたいと、思っていました。わたくしは、コンスタンを、愛しています」

こんなふうに言えば、サイラスは怒って彼女を突き放すだろう。

たった一夜でも彼と一緒に過ごせた。本当の妻になれた喜びは、フランシーヌひとりが抱えて逝けばいい。

そう思って覚悟を決めるが……。

突き放されるどころか、激しく抱きしめられ、口づけられていた。

「あ……んんっ、サイ……ラス、でん……ど、して」

強い力で彼女を拘束して、唇を押し当ててくる。彼女はその隙間から、どうにか声を出すだけで精いっぱいだった。

サイラスの手がウエストのリボンを摑み、一気にほどく。

大きく開いた襟元に手を入れ、肩を剝き出しにすると、そのまま下まで引っ張り下ろした。

「あっ、きゃあっ！」

唇は自由になったが、新婚用と言って穿かされた絹のドロワーズが露わになり、フランシーヌは身体のどこを隠せばいいのか困ってしまう。

窓からは、傾き始めたばかりのオレンジ色の光が射し込んできている。

だが隠せないように、サイラスに両手首を摑まれた。

「さあ、もう一度、おまえが愛している男は誰か、言葉にしてみろ。目は逸らすなよ。私の目を見て、正直に答えるんだ」

「わ、わたくしが、好きなのは……愛しているのは……」

サイラスだと言ってしまいたい。

だがそんなことをすれば、困った立場に追い込んでしまうはずだ。そうでなければ、サイラスが『皇太子の地位まで失えば』などという言葉を口にするわけがない。

「お願いでございます、殿下。わたくしはもう、覚悟を決めました……ですから」

「そうか。では、その覚悟とやらを見せてもらおう」

言うなり、サイラスは彼女の身体を抱き上げ、大きなベッドの上に座らせた。

リュクレースの宮殿では、主寝室に置かれたベッドは天蓋がついているものばかりだった。眠るときはもちろん、とくに夫婦で過ごすときなど、出入りする使用人から目隠しの意味もある。

それが何もないのだから、かなり心細い。

そのとき、ベッドの上にちょこんと横座りをしたフランシーヌに向かって、サイラスは前屈みになった。

キスされるのだろうか、と思ったが、彼の唇は張りのある大きな胸に押し当てられた。舌を出して何度も何度も舐られ、先端がつんと尖り始める。

彼の愛撫で変化する場所は、とても敏感な部分ばかりだ。そのことを思い出すだけで、フランシーヌの息は上がってしまう。

彼はチュッと口づけたあと、音を立てながら強く吸う。それを繰り返しながら、夕陽に照らされた乳房に、赤い刻印を押して回った。

白い肌に真紅の花びらが散らされたようになり、サイラスはやっと唇を離してくれた。

「ああ、トロンとしたいい目になってきた。さて、強引に割り込みたくないな。フランシーヌ、自分の膝を押さえて、脚を大きく開いてみなさい」

それは、とんでもなく破廉恥《はれんち》な命令ではないだろうか。

フランシーヌは驚いて首を左右に振る。

「おかしいな。〝あなたにお気に召していただけるよう、努力いたします〟——そう言ったのはおまえじゃなかったか？」

そのことを言われたら反論できない。

だが、フランシーヌがそんな努力を続けてもかまわないのだろうか。サイラスにきちんと確認しておこうと思ったが、

「やるんだ。そうしなきゃ、また昨夜のような痛い思いをすることになるぞ」

ふいに怖い声を出されて、彼女の身体はビクンとした。

だが、膝を押さえて脚を大きく開く、という行為は……まず何から始めたらいいのだろう？

おどおどするフランシーヌの様子に彼女の戸惑いを察したらしい。サイラスは手を伸ばし、横座りしていた彼女の脚を立てさせ、膝を掴むと勢いよく左右に開いた。

「い……やぁっ」

「嫌じゃなくて、ほら、自分でここを持つんだ。せっかく、私たちのために用意してもらったドロワーズだぞ」

サイラスの言葉にフランシーヌはびっくりする。

アップルトンの上流階級では、完全に股の部分が縫い合わさったドロワーズを穿くレディが増えているという。だが、男性側の心理としては、縫っていないほうが嬉しいようだ。

そんな男性たちの期待にも応えつつ、レディたちの間では股の部分を紐で結ぶタイプの品が流行していた。

しかし今回、新婚用と言われたドロワーズは股の部分が縫われていないタイプだ。これを穿いて脚を開けば、当然、大事な部分がぱっくりと開いて見えてしまう。

躊躇《ちゅうちょ》するフランシーヌの手を取り、脚を開いたまま固定される。

それはあまりにも淫らで、夕陽の射し込む室内でする格好ではない。もし、ふいに扉が開かれ、誰かが入ってきたとしたら……。

(そのときは、サイラス殿下以外の人にまで、恥ずかしい姿を見られてしまうのではないかしら？)

サイラスは『夫だけに見せる場所』と言ったのではなかったか。そう思ったとき、ふたりの視線が絡み……彼はフッと悪戯っぽく笑った。

「誰にも近づくなと言ってある。だから、安心して声を出していい」

言いながら、彼の顔はフランシーヌの脚の間に吸い込まれていく。

「え？　あ……待って、あぁ……んっ、んんっ！　ま、待って、明るいので、見えて……ぁああ、あ、あ、やぁーっ！」

熱い舌が割れ目に当たり、ペロペロと舐められる。

快感が全身に走り、堪えきれずに少しずつ左右の膝がくっついてしまう。しかし膝は立てたままなので、大事な部分はサイラスの前に晒したままだった。

彼の指が花びらを開き、ひっそりと隠れる花芯を剥き出しにする。外気に晒され、ピクピクと震える花芯を舌で包み込むように愛し始めた。

「や、やぁ……ぁん、あ、あぁ、ダメーッ！」

サイラスに舐められると、どうしてこんなふうになってしまうのだろう。

そう思ったとき、今度は指先が蜜口をなぞった。下肢がピクンと震え、フランシーヌは膝を押さえるだけでなく、ギュウッと抱きしめてしまう。

「少し膣内《なか》もほぐすから……大丈夫だ。痛いことはしない。力を抜きなさい」

どうやって力を抜けばいいのだろう？

そう思った瞬間、フランシーヌの身体がゆらぁっと後ろに倒れた。

「きゃっ！」

「おいっ。何をやってる。大丈夫か？」

膝を抱いて座っていたせいで、バランスを崩してしまったのだ。そのままの格好で、コロンと後ろに転がってしまう。

慌てて膝から手を離し、ベッドに肘をついて身体を起こそうとしたが……。

次の瞬間、サイラスの長い指がツプンと蜜窟に滑り込んだ。

「あっ……あぁんんっ……指が、な、かに……入って」

「ああ、もうずいぶん濡れてるな。ほら、水音が聞こえるだろう？　だが、まだこの奥で感じるのは無理だろうから、こうすれば……」

ふうっと淫芽に息を吹きかけられ、直後、彼は一気にむしゃぶりついた。

サイラスの口腔内はとても熱かった。舌全体で舐られ、敏感な場所を激しく愛撫され、我慢できずに腰を揺らしてしまう。

蜜窟を弄る指はとても優しく、そして的確に彼女を悦びへと押し上げていく。

「あ、あ、あ……も、もう、わたくし、こんな……あああーっ！」

腰の動きに合わせて小刻みに出し入れされ、もう、わけがわからない。

「凄いな、フランシーヌ。粗相をしたようにぐっしょりだ。これでもまだ、コンスタンが好きだ、と言い張るのか？」

そんなふうに言われても、開いたままの下肢を閉じる気力もなかった。フランシーヌは荒い息で快楽の余韻に身を委ねつつ、どうにか口を開く。

「でも……わたくしを、妻に、した……ままだ、と、皇太子の地位を……失ってしまう、ので……は？」

「なんだ、それは？　私がいつそんなことを言った？」

「そ、それは……」

はっきりと聞いたわけではない。

だが、到着するなりふたりは引き離された。そして数時間後――あんなふうに深刻そうに話されては、自分の存在がサイラスに迷惑をかけている、と思っても無理はないように思う。

「ほら、フランシーヌ……もう一度、だ」

「あっ、きゃ！」

ふたたび太ももを持ち上げられ、今度はベッドに仰向けのまま秘所を露わにされた。

溢れ出た蜜が臀部まで流れ、リネンのシーツに滴り落ちる。それだけでなく、彼の唇が押し当てられることを想像して、さらなる蜜を溢れさせてしまった。

ところが、フランシーヌの蜜道に滑り込んだのはもっと大きな熱の塊――。

「……あぅ、やっ……あっ、あぁっ」

ググッと圧迫感が押し寄せ、軽く唇を噛む。

「大丈夫だ。無理な挿入はしない。フランシーヌ、息を吐きなさい」

肉棒の先端だけを潜り込ませ、彼は一旦動きを止める。

そのまま覆いかぶさってきて、サイラスはそっと唇を重ねてきた。甘く優しいキスに、繋がっている場所がズキンと疼く。

「聞こえるか、フランシーヌ？　私も覚悟を決めた。もう逃げるのはやめにする。放蕩王子の呼び名も返上しよう」

「そ、それは……どういう意味……あ、やぁんっ！」

彼の指先が敏感になった淫芽を捉えた。

口淫に硬く膨らんだ場所を軽くなぞられ、我慢できずに背中を反らせてしまう。その瞬間、灼熱の杭が膣襞をかき分け、ズズッと奥へと進んだ。

「あっ……はぁうっ！」

痛みを受け止める準備をしたが、彼の肉棒はほんのわずか進んだだけで止まった。

「うっ、くぅ……これは、本当に狭いな。ヌルヌルなくせに……なんてきつさだ。ああ、フランシーヌ、そんなに私を苛めるんじゃない。昨夜みたいに、一瞬で〝降参〟してしまうぞ」

サイラスは呻くように言ったあと、不思議なことを口走る。

だが、彼を苛めているつもりなど全くない。〝降参〟させた記憶もなかった。

「わ、わたく、しは……何、も……あんっ、あ、あぁ、あぁぁ……」

彼はふたたび指を動かし始め、そのたびに、少しずつ欲棒を沈めていく。

「もう少しで全部だ。どこか、痛むか？」

フランシーヌは首を振って、力いっぱいサイラスに抱きついた。

そして……どれくらいの時間が経ったのだろう。ふと気づいたとき、窓の外は薄闇に覆われていた。

ずいぶん長い間そうしていたように思えるが、胎内に感じるサイラスの熱はいまだ冷める気配はない。

「殿下……とても、奥に感じ、ます。あの……あなたの、熱いものが……」

昨夜より深い部分に彼の存在を感じる。

だが、痛みや違和感はほとんどない。それが不思議で尋ねようとしたのだが、はっきりと言葉にするのは恥ずかしかった。

「ああ、この辺りが一番深いところかな？　夫婦の交わりは――そう悪いもんじゃないだろう？」

腰をクイと動かしながら、彼はじっと顔をみつめていた。

そのまなざしがあまりに色っぽく、繋がっているふたりの姿が頭に浮かんだとたん、顔から火が吹き出してしまいそうになった。

（あまり、気持ちのよいものじゃないって思っていたこと、ご存じだったの？　でも……）

サイラスに対して言葉にした覚えはなく、もちろん、他の誰かになど言うはずもない。

「ど、どうして、そのことが……？」

「まあ、経験上ってヤツかな」

何も言わなくてもわかるくらい、サイラスはたくさんの女性を知っている。そんな、胸にモヤモヤしたものを感じた直後、彼に頬を抓まれた。

「だから、そんな泣きそうな顔をするな。過去は許してくれ。その代わり、私の未来は全部おまえにやる。昨夜の痛みは帳消しにしてやるから、ゆっくり感じろ」

「み、らい？　それは、あっ……ぁん、愛人の方々と、手を……切ってくださる、と言うことです……か？」

膣壁にこすれる痛みはない。彼は奥深くに挿入したまま、緩々と腰を回してきた。その緩慢な動きが、フランシーヌのうぶな躰をますます高ぶらせていく。

「まあ、そういうことにしておこう。とにかく、二度とおまえ以外の女は抱かない。それでいいな？」

「は……はい！」

サイラスの未来を独り占めできるなんて、幸福過ぎて怖いくらいだ。

「でも、でも……女王陛下は？　女王陛下が……お、お叱り、なのでは？」

「なぜだ？　私は母上の命令でおまえを妻にしたんだぞ。ああ、そうだ、聞き忘れていた。おまえが愛している男は誰だ？　さあ、言え」

サイラスの様子がおかしいと思ったのは、彼女の考え過ぎだったのだ。

これ以上、自分の容姿や立場を卑下するのはやめにしよう。『私の未来は全部おまえにやる』『二度とおまえ以外の女は抱かない』彼がここまで言ってくれているのだから、その言葉を信じよう。

フランシーヌはサイラスの瞳をしっかりとみつめ、

「サイラス殿下です。あ、あなたを、愛していま……す、あっ！　あぁ、やっ……やあぁぁーっ！」

そう答えた瞬間、彼の動きが小刻みに、それでいて激しくなった。

親指が淫芽を弄り、二度三度とフランシーヌは意識を飛ばす。

それでも、彼の愛撫はとどまることを知らない。緩急《かんきゅう》をつけた抽送《ちゅうそう》が始まり、肉棒の収まった蜜穴の縁から、愛液が滲み出てきた。

フランシーヌは喜びを噛みしめる間もなく、何度も絶頂へと突き上げられたのだった。

第六章　蜜月の始まり

フランシーヌがアップルトン王国に入国して二週間が経った。

その間、イーデン市の王宮で皇太子妃を迎える準備が調っていない、という理由から、彼女はずっとブラックウッド・パレスに滞在している。

もし乳母のウラリーが生きていれば、『リュクレースの第一王女を蔑ろにするなど、許せません！』――そんな言葉を叫びながら怒ってくれたことだろう。

だがフランシーヌにすれば、全く不満はなかった。

この二週間、サイラスは彼女の傍から片時も離れずにいてくれた。

ワースの港町を数日かけて散策したときは、港までお祝いに来てくれた人々にお礼を言った。

両国は局地的な小競り合いや、植民地での代理戦争にとどまったが、お互いが敵国であることには変わりない。敵国の王女となれば、どれほど冷たい目で見られるのだろう、と大きな不安を抱えていた。

だが――。

『おや、まあ！　とんだ〝外れ〟を引かされたって聞いてたけど、えらい別嬪《べっぴん》さんじゃないか』

『国じゃ肩身の狭い思いをしてきたらしいね。贅沢言わずに尽くせば、皇太子さんはこう見えていい人だから、末永く面倒みてくれるさ』

ワースの町の人々は、そう言ってフランシーヌを励まし、好意的に受け止めてくれたのである。

どうやら、ヴィルパン王家のあまりの凋落《ちょうらく》ぶりに同情されたらしい。それはそれで切ないものはあるが、受け入れてもらえたのは素直に嬉しかった。

そう言って喜ぶフランシーヌに、彼が言ってくれたことは……。

『もちろん、デ・アンダ王国の戦争で家族を失った者もいるから、嫌な言葉を投げつけられることもあるだろう。でも、私が守るから』

彼女は涙が零れそうになるほど幸せだった。

そのときのことを思い出しながら、

「殿下、そろそろ出発しませんと……」

この言葉をフランシーヌが口にするのは本日、三度目となる。

二週間目の今日、サイラスは所用でブラックウッド・パレスを離れることになった。

といっても、同じフェアフィールド州にあるクレイ公爵の領主館クレイ・コートに行くだけなので、馬で休憩を挟んでも数時間の距離だ。

しかもクレイ・コートには泊まらず、サイラスは今日中に帰って来ると言う。

（尚のこと、早く出発したほうがいいと思うのだけれど……）

主寝室でフランシーヌを抱きしめたまま、離してくれないのだ。

ずいぶん前から白いクラヴァットを結び、乗馬用のテイルコートまで羽織っている。館の外ではブーツにつける拍車を用意して、従者も待っているはずだ。

「うーん。アーサーを残すとはいえ、どうも不安なんだ。馬を馬車に変えておまえも連れて行くべきか……だが」

サイラスはクレイ・コートに遊びで行くわけではなかった。

彼は気ままに見えて忙しい立場にある。通常の皇太子ではなく、摂政皇太子と呼ばれる身分だからだ。そのため、サイラスは女王の許可を得ずとも、ほとんどの案件について決裁権を与えられている。

女王は二年前に倒れたあと、車椅子で過ごすことが多くなった。静養も兼ねてイーデン市郊外の離宮に移るとき、サイラスを摂政に任命したという。

しかし今回、サイラスが長く首都から離れることになったため、女王は王宮に戻って公務にあたっている。

クレイ・コートへは、女王の使者と面会するため、出向くことになっていた。

「これ以上のんびりなさっていたら、正午を過ぎてしまいますよ。女王陛下の使者を待たせてはいけませんから、早く出発なさってくださいませ」

フランシーヌが急かすと、サイラスは金色の髪をかき上げながら、不満そうに口を尖らせた。

「ずいぶん、つれないな。たった二週間で私に飽きたのか？」

「そうではありません！　今日中にお戻りになるのでしょう？　早く出たら、早く戻って来られると思っただけです。遅くなって、あちらに泊まることになれば……」

顔をじーっと覗き込まれていると、しだいに頬が熱くなってしまう。

彼女はうつむき、テイルコートの袖口を少しだけ摑んだ。そして、その袖をつんつんと引っ張りながら、

「あの広いベッドにひとりで眠るのは……嫌です。だから、必ず帰ってきてくださいませね」

少しずつ小さくなる声で、慣れないおねだりをしてみる。

直後、サイラスに激しいキスをされた。息もできないくらい荒々しく忙しない口づけに、フランシーヌは眩暈を感じる。

「ダメだな。これじゃ、止まらなくなりそうだ。でも、行ってくる。急いで用事を済ませ、速攻で帰って来るから、結い上げた髪はほどかずに待っていること。それから、ドレスも脱がないように……」

「はい。あの、殿下が脱がせてくださるのですか？」

フランシーヌはドキドキしながら尋ねる。

そして返ってきた言葉に、鼓動はさらに跳ね上がった。

「いや、そのアップルグリーンのドレスはとてもよく似合ってる。だから、着たままのおまえを抱きたい」

耳朶に唇を押し当ててささやかれ、フランシーヌは腰が砕けそうになる。

一方、サイラスはさっと彼女から離れ、トップハットを手に取った。

「外まで見送らなくていい。その色っぽい顔、他の男には見せるんじゃないぞ」

そんな冗談とも本気ともつかぬことを言いながら、やっと出発してくれた。

（ほんの半日離れるだけよ……それだけ）

遠ざかる彼の背中を、フランシーヌは切ない思いで見送った。

☆　☆　☆

『速攻で帰って来るから』

そう言ってサイラスがブラックウッド・パレスを出て二日が過ぎた。

あの日戻ってきたのは従者のみ。

『皇太子殿下におかれましては、女王陛下のお召しにより、イーデン市の王宮に向かわれました。こちらに戻られるのはいつになるかわかりません。皇太子妃殿下はこのままブラックウッド・パレスに滞在されますよう、ご命令です』

女王の使者はサイラスに何を伝えたのだろう？

フランシーヌを残したまま王宮に戻るような、どんな出来事があったと言うのだろう？

彼女の胸に広がる海は、ふたたび灰色に染まりそうになる。

沈み込んでいきそうな気持ちを宥めるため、フランシーヌはサイラスと歩いた浜辺に向かった。

ブラックウッド・パレスは海を背に建っているため、木々の茂った崖沿いの小道を下りていかなくてはならない。

スージーが付き添ってくれたのだが、途中で彼女自身に生理現象が発生してしまい……「すぐに戻って参ります！」と叫んで戻ってしまう。

先に浜辺まで下りるかどうか迷ったが、スージーに心配をかけてはいけないと思い、そこにとどまった。

ひんやりした海風が小道を伝って駆け上がって来る。

今日のドレスは淡いピンクのモスリンドレスだ。薄い生地なので、ローズレッドのカシミア・ショールを上半身に巻いている。髪は二日前と同じ、きっちりと結い上げていた。

（だって……サイラス殿下にほどいていただきたいから）

胸の奥がふわっと温かくなり、同時に、涙が込み上げてくる。

そのとき、人の足音が聞こえた。ザクッザクッと地面を踏みしめる音だ。小柄で体重の軽いスージーなら、タッタッタッと軽快な音で駆けてくるはずだった。

しかも、足音は〝浜辺のほう〟から聞こえてくるのだ。

（まさか、サイラス殿下？　でも、そんなことが……）

フランシーヌは立ち尽くしたまま下の様子をじっと窺う。そして、小道を上がって来る人影を見るなり、彼女は思いがけない人の名前を叫んでいた。

「――コンスタン!!」


フランシーヌの目の前に立っているのは、侍従武官コンスタン・マリエット准将。

彼と最後に会ったのは、自治区近くの寂れた宿屋だった。サイラス配下の兵士から逃げきったことはわかっていたが、こうして無事な姿を見て胸を撫で下ろす。

「ああ、よかった……怪我がないようで、何よりです」

そう呟いたあと、フランシーヌはここがアップルトン王国であることを思い出した。

同盟を結んだからといって、簡単に行き来が可能になるわけはない。とくに宮廷の侍従武官であった彼に、入国許可が下りるとは思えなかった。

仮に下りたとしても、ここは直轄領。この小道も、すぐ下にある浜辺も、皇太子所有の館の敷地内だ。外国人が入り込んで許される場所ではなかった。

にもかかわらず、コンスタンはここに現れた。それが意味することは……。

困惑して何も言えなくなったフランシーヌに向かって、コンスタンはひざまずいた。

「――フランシーヌ様、お約束どおり、あなた様をお迎えに上がりました」

艶のある黒髪は少し伸びたらしく、顔の上半分にかかっている。軽くうつむくと、銀色の瞳だけでなく表情まで隠してしまう。足首まで届く黒い外套《がいとう》の下は、水兵のような長ズボン《パンタロン》を穿いていた。

彼の身なりは身分を隠しているようにしか見えない。それは、まともな手段で入国してきたわけではないということだ。

「コンスタン……あなた、いったい……？」

何をどう尋ねたらいいのかわからない。

「私のお迎えが遅れたばかりに、フランシーヌ様をつらい目に遭わせてしまいました。申し訳ございません。ですが、必ずや私があなた様を幸せにいたします」

呆気に取られていると、彼はスッと立ち上がり、フランシーヌの手を取った。

その瞬間、彼女は反射的に振り払ってしまう。

「そ、それは、誤解です！　サイラス殿下は、あなたが思っているような方ではありませんよ。わたくしのことを、とても大切にしてくださいます」

フランシーヌは慌てて取り繕い、サイラスの誠意を伝えようとするが……コンスタンの顔色は見る間に変わっていく。

「違う!!　あの男はマーガレット女王の命令で、フランシーヌ様を籠絡《ろうらく》して、我が国の王位簒《さん》奪《だつ》をたくらんでいるだけなのです。あなたは騙されているんだ！」

「言葉を慎みなさい！　サイラス殿下はわたくしの夫ですよ」

毅然として答えるフランシーヌに向かって、コンスタンはフッと笑った。

「お忘れですか？　あの男が『悪魔のように美しい』と呼ばれていることを。それは、麗しい容姿で女性の気を惹き、性技で夢中にさせ、最後には、言葉を駆使して心までも奪ってしまうからなのです。そう……今のフランシーヌ様のように」

フランシーヌの顔はカッと熱くなる。

「あなたは、なんということを……」

叱りつけたいのに、それ以上は言葉にならない。

最初は警戒して気を張っていたつもりだった。しだいに、サイラスに惹かれる気持ちが抑えられなくなり、結果的に言われるままになっている。

もともとフランシーヌに選択肢はなかった。

それが偶然にも双方向に愛情が芽生えたのだから、自分たちはなんと幸運なのだろう。そう信じていたことのすべてが、サイラス――いや、女王のたくらみだと言う。

フランシーヌの視線はいつの間にか下を向き、地面をみつめていた。

(そんなはずはないわ。サイラス殿下は命がけで助けてくださったじゃないの。信じると決めたのだから、信じなくては)

唇を噛みしめ、フランシーヌはクッと顔を上げた。

「ねえ、コンスタン。わたくしは大型帆船の甲板から、誤って海に落ちてしまったのです。サイラス殿下はそんなわたくしを、身の危険も顧みずに助けてくださいました。それは、お芝居でできることではありません」

するとコンスタンは、冷ややかさが漂う嘲笑を浮かべた。

「芝居ではできませんが、計画のために仕方なかったのでしょう。実権を掴む前にあなたが死ねば、結婚の偽りが明らかになってしまいますので」

「結婚の、偽り？　それは、どういう……」

フランシーヌが問い返そうとしたとき、

「――そこまでだ！」

聞き慣れた声が辺りに響き、彼女は驚いて振り返った。

そこに立っていたのは、愛する夫――サイラスだった。

館のほうからサイラスが小道を駆け下りてくる。

「サイラス……殿下？　王宮にいらっしゃったのでは？　しばらく、お戻りにはならないと思っていましたのに」

いったい何が起こっているのだろう。

いつものサイラスとは違う、彼の顔には緊張感が漂っていた。おまけに、リュクレースにいたとき同様、剣を携《たずさ》えている。

「説明はあとだ。フランシーヌ、こちらへ！」

そう言って伸ばされたサイラスの手を、摑もうとしたそのとき――ふいに、何かが首に巻きついた。

フランシーヌの肩からショールが滑り落ち、ふわりと宙を舞った。

「きゃっ!?」

彼女の首に回されているのはコンスタンの腕だ。この状態が何を意味するのか、とっさには理解できない。

「コンスタン！　フランシーヌを離せ!!」

サイラスの表情はさらに険しくなり、鋭い声で叫びながら剣の柄に手をかけている。

そんなサイラスとは対照的な、のんびりとした声が頭の後ろから聞こえてきた。

「これはこれは、初めてお目にかかります、アップルトンの悪名高き皇太子殿下」

丁寧な挨拶に聞こえなくもないが、中身は酷く辛辣《しんらつ》だ。

「お言葉だな。だが、今は亡きマクシミリオン国王の悪名に比べれば、私などまだまだ悪戯っ子の域は出ていないつもりだが」

コンスタンに応じるように、サイラスも皮肉で返している。

「悪戯にもほどがある。我が国の王女を騙すだけでなく、神をも欺くとは」

「同じ言葉を返そう。襲われたと偽って御者を殺害した挙げ句、フランシーヌを連れ去ろうとした犯人は貴様だ――コンスタン・マリエット！」

サイラスの言葉にフランシーヌは息が止まった。

『森を抜けてすぐ、馬車が傾きました』

『御者の胸に刺さった矢を見て』

いつだったか、サイラスに向かって必死で釈明したことがある。彼はその言葉に違和感を覚えていたという。

「木の上からなら正面も狙えるが、森を抜けた街道では難しい。それに、御者の胸に矢は刺さっていたが……死因は、脇から剣で心臓をひと突きにされたものだった。あの場にいて、馬を操りながらそんな芸当ができるのは、貴様しかおらん」

「……」

コンスタンは何も答えない。

あまりのショックで、フランシーヌはそのまま気を失ってしまいそうだ。

「コンス……タン。まさか……」

フランシーヌの問いかけに、コンスタンもやっと口を開いてくれた。

「この男の言うとおりです。愛するあなたを、皇太子というだけのろくでなしに、渡したくはなかった。——どうか、動かないでください。あなたを傷つけたくない」

耳触りのよい言葉を口にしながら、コンスタンは彼女の脇腹に小振りの剣をつきつけていた。

そのまま、彼女を引きずるようにして後退する。

コンスタンの愛情は本物だろうか？

俄かに信じがたいが、よほど強い思いがなくてはこれほどの真似はできない。

その思いにも気づかず、コンスタンには甘えるだけだった。フランシーヌが自らの行いを後悔しそうになったとき、サイラスの失笑が木々の間に広がった。

「よく回る口だな。さすが、同盟反対派の首謀者だ」

直後、浜辺のほうから駆け上がってくる大勢の足音が聞こえた。

「皇太子殿下！　岩陰に停泊していた不審船を拿捕《だほ》、乗組員はすべて逮捕しました！」

小道を真っ先に駆け上がってきたのはアーサーだった。

その声が聞こえたとたん、コンスタンは彼女をアーサーたちの来るほうに向かって突き飛ばした。

小石に躓《つまず》き、フランシーヌは地面に倒れ込む。

「フランシーヌ‼」

サイラスの声が聞こえた。

すぐに顔を上げ、サイラスのほうを見る。すると、彼女に気を取られた一瞬の隙をつかれ、コンスタンに小振りの剣で斬りかかられるサイラスの姿があった。

「殿下ーっ！」

ブラックウッド・パレスに到着した日、サイラスは『腕はそこそこ立つ』と言っていた。だが、『コンスタンには及ばない』とも。

サイラスは戦闘用の長剣を手にしている。

両者の間合いが違うので、コンスタンは一気に懐に飛び込んでいった。接近戦になれば、サイラスの分が悪くなるはずだ。

ところが、サイラスは退くどころか、逆に一歩踏み込み、拍車のついたブーツでコンスタンの腹を蹴り飛ばした。

コンスタンは蹴りに向かって自ら突進した形になり、より大きな衝撃を受け、もんどり打って地面に倒れ込む。

その隙を見逃すサイラスではない。ブーツの底でコンスタンの右手を押さえ込み、喉元にはようやく抜いた剣の切っ先を突きつけていた。


数秒後、コンスタンは駆け上がってきた兵士たちに取り押さえられた。

「フランシーヌ！　怪我はないな？　よかった……本当に、よかった」

サイラスは今にも泣きそうな顔をして、彼女を抱きしめる。

だがフランシーヌの心は、とても『よかった』では治まらない。

同盟反対派の首謀者――それは、ヴィルパン王家断絶を願う者たちの筆頭格、ということにほかならないのだ。

「コンスタン……あなたが、同盟反対派の首謀者だなんて……違うと言ってください。革命のときも、あなただけはわたくしとアレクを守ってくれたではありませんか!?」

フランシーヌは喉が裂けるほどの声を上げた。

そんな彼女を、殴打《おうだ》されあちこちに血の滲んだ顔で、コンスタンはじっとみつめている。

「私の父が牧師だったことはご存じでしょうか？」

「え？　ええ、聞いております」

リュクレース国内に牧師の数は少ない。同じ神に祈っていても宗派が違うため、バルツァー帝国と国境を接した田舎町で布教が許されているくらいだと聞く。

だが、コンスタンの父はその地域において、慈善家で名前が通っていた。

「父はいささか名前が通り過ぎたようです。最悪なことに、国王の耳にまで届いてしまいました……」

国教とは異なる宗派の牧師が、領民の尊敬を得ている。ただそれだけのことに、国王の怒りを買ってしまったと言う。

教会は壊され、コンスタンの父は反逆罪で吊るし首にされた。すべてフランシーヌの父、マクシミリオン国王の命令だった。

「それは……」

父がどれほどの暴君で独裁的であったか、聞かされなくてもフランシーヌはよく知っている。知っているが、実際の悪行を突きつけられるのは、居た堪れないことだった。

「リュクレースの国民に、王は――ヴィルパン王家は不要です」

コンスタンの銀色の瞳が氷の矢となり、フランシーヌの中にある王女の誇りを攻撃してきた。

逃げるわけにはいかず、彼女は真正面から受け止める。

「ならば……どうして、わたくしを殺さなかったのです？　わたくしとアレクを殺せば、ヴィルパン王家は終わりではありませんか？　あなたにはその機会が、いくらでもあったはずです！」

とくに一年前の革命以降は、事故に見せかけて殺すことなど簡単だっただろう。

「あなたを、愛していたから、できませんでした……とか？」

そこまで口にしたとたん、コンスタンは張り詰めた糸が切れたように笑い始めた。

「そんなわけがないだろう？」

幼い弟や国民を見捨てて、侍従武官と逃げた王女——それは王制廃止への最後の後押しとなる。

「下種な国王の血を引くおまえに、名誉ある死に方などさせるものか!!」

どんなときも、礼儀正しい態度を崩したことはなかった。そんなコンスタンから口汚く罵られ、フランシーヌの胸は焼き切れそうなほど痛い。

だが、フランシーヌは決して涙を零さなかった。

「わかりました。亡き父も含めて、ヴィルパン王家の行いにより王制が廃止されるのであれば……わたくしは従容として受け入れます。しかし今は、アレクを新国王とし、アップルトンの力を借りてリュクレースを立て直そうとしています」

「所詮、マクシミリオンの息子だ。国民を苦しめる王にしかならない」

吐き捨てるように言うコンスタンに——。

「あなたの言うとおり、アレクもわたくしも愚かな王の子供です。しかし、それゆえに愚か者になるとは限りません。慈善家で名の通った牧師様の息子が、そうはならなかったように」

フランシーヌはそっと目を伏せた。

コンスタンは何も答えず、彼女から目を逸らしたまま、黙って連行されていく。だが、十歩ほど小道を下ったところでピタリと足を止め、振り返った。

「最後にひとつ、いいことを教えてあげましょう」

彼はいきなり、言葉遣いをもとに戻した。

フランシーヌはびっくりしながらも、彼の言葉に耳を傾ける。

「なんですか?」

「あなたはアップルトンの皇太子妃でも、この男の妻でもない」

「そんなこと……」

あるはずがない。仮とはいえ祭壇の前に立ち、司祭に結婚の祝福をいただいたのだ。

だが、そう答えようとした彼女より早く、サイラスが声を上げた。

「馬鹿なことを言うな! さっさと連れて行け!」

「同行した司祭は偽者ですよ。教会で式を挙げさせなかったのはそのためです。王女を愛人にするなど、さすが放蕩者で名高いサイラス皇太子だ」

フランシーヌの鼓動がトクンと跳ねる。

遠ざかるコンスタンの声が耳に残って離れない。

言われてみれば、ウエディングドレスにはふさわしくない色やデザインだった。指輪の色が変わっていたことも、最初から仕組まれていたのかもしれない。

そして、このブラックウッド・パレスに到着して二週間あまりのことも……。

考えれば考えるほど疑わしいことばかりで、それなのに、サイラスは何も言わない。

そのことを恐ろしく思いながら、フランシーヌはゆっくりと口を開いた。

「サイラス殿下……わたくしは、あなたの妻で間違いありませんよね？　司祭様が偽者だなんて……コンスタンの言葉は嘘だと、そうおっしゃってください！」

少しずつ早口に、そして彼を責める口調になる。

「フランシーヌ、それは……」

サイラスの表情を見た瞬間、コンスタンの言葉は真実なのだ、と悟った。

フランシーヌの頬にひと筋の涙が伝う。

王女であるときは、そう簡単には流せない涙。だが、サイラスの前ではただの女に戻ってしまう。

「そう、なのですね。わたくしは、あなたの妻では……なかったの、ですね」

「いや、そうじゃない！　おまえは私の妻で、間違いないんだが……」

そう言ったきり、黙り込むサイラスの腕を我慢できずに振りほどく。

そのまま館に駆け戻ろうとしたとき、彼女の前に大きな人影が立ちはだかった。

「司祭は本物です。国教会の総本山、キャンベリー大聖堂より私が手配した司祭ですので」

男性はフランシーヌの行く手を遮るだけで、彼女の身体には決して触れようとしない。その男性の琥珀色の瞳を見て、彼女はハッとした。

「あ、あなたは、クレイ公爵……でしたね？」

間近で挨拶をしたのは一度きり、あとはこの居丈高な視線に臆してしまい、遠目に見る程度だったのでいささか自信がない。

「はい。皇太子妃殿下へのご挨拶が遅くなり、申し訳しだいもございません」

「い、いえ……」

「皇太子殿下、この際〝正直に〟お話になられたほうがよろしいように思われます」

やけに〝正直に〟という部分に力を込めたように感じた。

すると、エドワードの言葉に背中を押されるように、サイラスは訥々《とつとつ》と話し始める。

「ああ……司祭は本物だった。あの結婚式は本物で、おまえは間違いなくアップルトンの皇太子妃だ」

「本当に？　殿下は〝正直に〟話しておられますか？」

彼女の問いに、サイラスはクッと奥歯を噛みしめるような仕草をした。

「すべては、話してない。だが、嘘じゃない。フランシーヌ、私を信じろ！」

その答えにうなずくことも、首を振ることもできず……。

「申し訳……ございません。気分が悪いので、休ませていただき、ます」

（あんな、嘘をついていると言わんばかりの、サイラス殿下なんて……見たくない！）

フランシーヌはその場から立ち去るのが精いっぱいだった。

☆　☆　☆

走り去るフランシーヌの背中を呆然と見送る。

（どうして、こうなるんだ）

その思いが勢いあまって、サイラスは立木を殴りつけた。

拳は痛いが、フランシーヌのショックを思えばそれどころではない。

情報が漏れたことへの苛立ちと、真実をばらしたコンスタンへの怒り。一番は上手く釈明できなかった自分自身への憤りだった。

「殿下、私は〝正直に〟と申し上げたはずですが？」

呆れ果てたエドワードの声に、サイラスは噛みつくように反論する。

「〝正直に〟話したつもりだ」

結婚式を挙げても、彼女を抱かなければ結婚は成立しない。だが、肉体的に関係していないと神の前で宣言して結婚を無効にするより、もっと簡単な方法があった。

それは、結婚しないこと、だ。

リュクレース王国の教会で式を挙げれば、国際的に結婚は成立してしまう。アップルトンの国教会に属する司祭の前で誓っても同じことになる。

そのため、サイラスは司祭ではない男に司祭を名乗らせ、リュクレースに同行したのだ。

いや、したつもりだった。

「放蕩王子を返上されるのはけっこうなことですが、そのとたんに、こうまで不器用な男にならないでください」

「言っておくがエドワード、私はもともと器用なわけではない。女の扱いも……苦手だから大勢はべらせて、適当にごまかしてきただけだ」

サイラスは傷めた拳を二、三度振ったあと、その手で前髪をかき上げる。

「馬だってそうだ。馬は嫌いでも、苦手でもない。ただ……」

「知っていますよ。ご夫君を落馬で亡くされた、女王陛下の気持ちを慮《おもんぱか》ってのこと、でしょう？」

王族の義務としてサイラスに乗馬を習わせる一方、女王はいつも不安そうな目で彼のことを見ていた。

母に無用な心配をかけたくない。――ただそれだけのことが、上手く言葉にも行動にも表せず、結果的に馬房の扉を開けてしまったのだ。

素直な思いを口にすることは難しい。

しかし、それが当時八歳のエドワードに気づかれていたとなると話は別だ。

「気づいてたのか？　おまえって奴は、子供のころから可愛げのない奴だな」

「殿下、そんなお戯れを。八歳の子供に気づけるとお思いですか？　あれは父に言われて行動したまでのこと。王家に対する忠誠心は立派なものでしたからね、我が父は」

「ああ、なるほど」

威厳のある先代クレイ公爵のことを思い出し、サイラスはうなずいた。

ところが、続けてエドワードの口から飛び出したのは意外な言葉だった。

「但《ただ》し、倫理観は母親の腹の中に忘れてきたような男でした。女の使用人には、生娘から未亡人まで片っ端に手をつけ、孕《はら》んだら追い出すという……まさに悪党です」

病弱を理由に妻を領地の領主館に遠ざけ、先代クレイ公爵はイーデン市内のタウンハウスでやりたい放題だった。サイラスが知らなかったのは、世間の評判を気にして使用人にしか悪事を働かなかったせいだ、とエドワードは話す。

母親は息子に、そんな父親の正体をひた隠しにした。

エドワードが尊敬する父親の本性を知ったのは、母親が亡くなったあとのこと。彼は爵位を継いだあと、父親が認知もせずに見捨てた私生児を探し出しては、援助していると言う。

啞然とするサイラスを横目に、エドワードは静かに語る。

「弟は母親似ですが、私はこのとおり、見た目も性質も父親似。何かのきっかけがあれば、妻を裏切り、泣かせても平気な男に成り下がるのかも——」

「ならない！　絶対にならない。おまえの耳にも届いただろう？　フランシーヌの言葉が」

『アレクもわたくしも愚かな王の子供です。しかし、それゆえに愚か者になるとは限りません。慈善家で名の通った牧師様の息子が、そうはならなかったように』

彼女がコンスタンに向かって言った言葉は、サイラスの胸を打った。先代クレイ公爵の正体を聞けば、エドワードも同じ思いだっただろう。

「エドワード、不審船で逮捕したのはリュクレースの同盟反対派だろう。だが、入国の協力者がいるはずだ。吐かせて国内の反対派も一網打尽にしろ！」

「はっ。殿下はどちらに？」

エドワードの問いにサイラスは思わせぶりな笑みを浮かべ、

「決まってる。さっき以上に〝正直に〟話して、許してもらってくる」

迷いを振り切るようにして、館に向かって駆けだした。

フランシーヌの居場所に見当をつけて主寝室に向かうが、部屋の前には大勢の使用人が集まっていた。

女王に呼ばれて王宮に向かったはずのサイラスが、突然、兵士を率いてブラックウッド・パレスに乗り込んできたのだ。しかも、説明もないままに、今度はフランシーヌが泣きながら部屋に戻ってきた。

使用人や侍女たちにすれば、何ごとが起こっているのもわからず、不安でならないだろう。

「サイラス様！」

彼に気づき駆け寄ってきたのは、侍女のジェシカ・デーンズだった。

「フランシーヌは部屋の中だな。ふたりで話したい。誰も近づけないように」

「無理だと思います。だって、戻られるなり、中から鍵をかけてしまわれて……。呼んでも全く返事をしてくださいませんから」

「か、鍵、だと!?」

各部屋の扉は内外から鍵で開閉できるようになっている。鍵は基本的に部屋の使用者に預けられ、合鍵をメイド長が持つ。だが主寝室に限っては、使用者の身の安全を守るため、メイド長の合鍵も取り上げていた。

サイラスの不在中は、合鍵も合わせてフランシーヌに渡している。

中から鍵をかけられてしまうと、外にいる者は手の施《ほどこ》しようがない。

「言っときますけど、私はもう何も言ってませんから！　そもそも意地悪を言うのだって、サイラス様のご命令に従っただけですからね！」

ジェシカは自分のせいじゃない、とばかりに声を上げ始めた。

それに合わせて他の侍女たちも「私たちのせいでもありません」と口を揃える。

「ああ、わかった。わかってるから、何も言うな」

皇太子付きの侍女たちは、ほとんどがサイラス自身で選んだ者たちだった。身分や前職は問わず、融通や機転の利く女性たちを集めている。

サイラスが性に目覚めたばかりのころ、女性にチヤホヤされるのが嬉しくて、王宮の侍女に手を出したこともあった。だが、侍女同士の揉め事の原因にもなるので、もう十年以上、身近な女性を恋の相手には選んでいなかった。

フランシーヌは彼が野外劇場の歌姫に恋をしている、と思い込んでいた。

おそらく、そんな噂がリュクレースでは広まっているのだろう。

これまでの噂の相手は、旅の一座の看板女優だったり、結婚生活に飽きた伯爵夫人だったり、実に様々だった。すべてが嘘とは言わないが、真実とも言い難い。

実際のところ、歌姫との逢瀬は一度きりのこと。歌声が気に入ったので支援を続けているが、それだけの仲だった。

サイラスは人払いをしたあと、扉の前に立ち、コンコンとノックする。

「フランシーヌ、私だ。ここを開けてくれ。さっきは言葉が足りなかった。もう一度、きちんと説明させてほしい」

女王との面会のため王宮に留まっていたところに、急遽、リュクレースの同盟反対派の情報が飛び込んできた。コンスタンの正体がわかったのはそのときだ。

サイラスはエドワードを伴い、慌ててワースの町まで戻ってきた。

この二日間で多くの真実が一挙にわかり、サイラス自身も心の整理ができていない。そんな中、司祭の件をコンスタンに暴露され、サイラスは動揺したのだった。

「私が手配した司祭は……たしかに偽者だった。理由は以前話したとおり、コンスタンとの仲を完全に信じていたせいだ。だがエドワードが……彼の一存で本物の司祭に変更したらしい。理由は、私たちはどちらも噂どおりではないから、と」

婚約者がいながら、身分違いの侍従武官と不適切な関係を続ける王女。そんな噂を聞きつけたエドワードは、フランシーヌの全身を粗探しでもするようにチェックしたと言う。

だが、フランシーヌに浮わついたところはなく、それどころか、腰の定まらないサイラスにはお似合いだと感じたらしい。

ちなみに、アーサーが細工した指輪だが……。

やはりエドワードの指示だった。

『私の目論みが外れて、おふたりが夫婦となられなかった場合——確実に、結婚を無効にしなくてはなりませんので』

そのために指輪の伝説を利用するつもりだった、とエドワードは悪びれる様子もなく話した。

「フランシーヌ……？　聞いてるんだろう？　さっき言いよどんだのは、おまえを……抱いてしまったからだ。結婚の祝福は偽りで、私たちは本物の夫婦ではないと思いつつ、それでも抱かずにいられなかった」

アップルトンに入国後、彼女に真実を話すべきかどうか、ずっと迷っていた。

何も知らせず、アップルトンの決まりだと言って、キャンベリー大聖堂で結婚式を挙げ直せば済むのではないか、と。

「本当のことを話したら、婚前交渉の罪を犯したと、おまえに泣かれると思った。それが、怖かったんだ」

大急ぎで挙式の手配を、とアーサーに命令したとき、ようやくエドワードから司祭が本物であったことを知らされた。

司祭の件を洗いざらい話し終え、サイラスはオークの扉に額を押しつけた。

ゴンと音がして、そのまま扉にもたれかかる。

「頼む、フランシーヌ、ここを開けてくれ。嘘をついたことは認める。だが、悪意など欠片もなかった。それに今は、エドワードの機転に感謝している」

扉が厚いせいだろうか、中の様子はさっぱりわからない。この向こうに、フランシーヌがいるのかいないのか、それすらもわからないのだ。

扉を開けてもらえないなら、梯子《はしご》を上って窓から入り込んだほうが楽だろうか。それともいっそ、この扉をぶち破るか。

そんな物騒な手段が頭に浮かんだとき、中から声が聞こえてきた。

「……サイラス殿下……ありがとうございました……」

フランシーヌの声に間違いない。

泣いているのか、小刻みに震えて聞こえる。だが、礼を言うということは、サイラスが思うほど怒っていないのかもしれない。

彼がホッとした直後、今度は予想を超えた言葉が続いた。

「でも、結婚は……ご辞退申し上げます」

「なぜだ!?」

「どうぞ、わたくしのことはお気になさらず、あの指輪の伝説になぞらえて……結婚を無効になさってくださいませ」

どれほど責められても、サイラスには平身低頭で謝ることしかできない。

実を言えば、彼女に泣かれるのが一番つらい。だが、偽者の司祭で結婚式を茶番にしようとしたのは事実だ。その上、夫の権限を振り翳して嫉妬のあまり罵倒し、ついには我が物にしてしまったのも大きな罪だった。

(許せないと言われても……彼女を諦めるなんて、できない)

全面降伏のサイラスだったが、フランシーヌの声はもう、『どうでもいい』と言っているように聞こえてきて――。

☆　☆　☆

どれくらい、扉にもたれて座り込んでいただろうか。

いつの間にか、サイラスの声は聞こえなくなっていた。それは、フランシーヌの言葉を聞き入れ、結婚を無効にする気になったせいかもしれない。

悲しみと切なさを噛みしめながら、彼女は呻くように泣き続けた。

この結婚を成立させたくないと思いつつ、サイラスは身体の欲望に引きずられて、婚前交渉の罪を犯してしまった。

彼はその責任を取りたい、と言っているのだ。

妻として受け入れてもらえたと思っていた。だから、甘えてもかまわないと思い、彼を頼っていた自分が恥ずかしい。

コンスタンのことは……。

『下種な国王の血を引くおまえに、名誉ある死に方などさせるものか!!』

彼の口からあれほどまでの蔑みの言葉を聞いた今でも、何かの間違いではないか、と考えてしまう。

いや、できれば間違いであってほしい、と願っている。

(お父様が牧師様にまでそんな真似をしていたなんて)

最初から、恨みを晴らすために侍従武官を志願したのかもしれない。十年かけても、彼の心の痛みを和らげることも、憎しみを溶かすこともできなかった。

フランシーヌがうつむき、顔を覆ったそのとき——。

ベッドの向こうからガシャーンと派手な音が聞こえた。

視線を向けた先には、へし折れた窓の木枠が床に落ち、割れたガラスが窓の近く一帯に散らばっている。

そしてその真ん中に、サイラスが立っていたのだった。


「サ、サイ、サイラス、殿下……いったい、どうやって……どこから?」

「梯子で上がろうとしたが届かなくて……結局、上の階から縄で——いや、そんなことはどうでもいい!」

彼は上品な絹のシャツを肘の上まで捲り上げている。

それは労働者のする格好で、一国の皇太子がするべき格好ではなかった。先ほどまで結んでいたクラヴァットもほどかれ、絹のシャツやトラウザーズはあちこちが破れている。

今の彼は肩で息をしていて、まさに『そんなことはどうでもいい』といった様子だ。そのまま、つかつかと大股で部屋を横切り、座り込んだ彼女の前までやってきた。

「結婚を辞退するとはどういう意味だ？　エリュアール宮殿での結婚式は有効だったと、さっきから言ってるだろう!?　第一、初めての夜から一昨日まで、いったい何度私に抱かれたと思ってる？　それで結婚の無効など、とんでもないことだ！」

頭ごなしに怒鳴られ、フランシーヌはその場に縮こまった。

彼の言い分は、フランシーヌとコンスタンの関係を事実と思い、結婚を成立させないために司祭の偽者まで用意した。本当に抱くつもりはなかったのに、船室のベッドで無防備な状態になってしまったばかりに、夫婦の契りを交わしてしまった。どうするべきか迷っていたが、何度も抱いてしまった以上、ちゃんとした結婚式を挙げようと思った。

それがサイラスの真実のはずだ。

結婚式が有効だったのはエドワードのおかげだろう。彼がフランシーヌとコンスタンの関係を、噂どおりではない、と見抜いてくれたのだ。

それなのに、どうしてサイラスに怒られなくてはならないのだろう？

「どうして、怒るのですか？　わたくしは、サイラス殿下の希望どおりにしたいだけです」

「フランシーヌ……」

「司祭様の偽者を用意されてまで、わたくしとの結婚から逃れたかったのでしょう？　皇太子の義務感をもってしても、耐えられなかった、と。ならばどうか、この二週間のことはあやまちと思い、お忘れください」

両手で自分の身体をギュッと抱きしめ、フランシーヌは目を閉じた。

すると、彼はいきなり床に膝をついたのだ。

フランシーヌの手を包み込むように握り、

「これから話すことは他言無用で頼む」

そう言って真剣なまなざしで口にしたのは、彼の出生の秘密だった。

二日前、サイラスがクレイ・コートに赴《おもむ》いた理由、それは実母アリスと面会するためだ。彼は覚悟を決め、実父についての情報を得ようとした。

「素性すらわからない罪人の子が、王位に就くのはさすがにまずい。王女の夫にもふさわしくない。それを確認しようとしたら、結局、王宮の母上のところまでいく羽目になった」

サイラスの告白を聞き、彼女はようやく『もし、皇太子の地位まで失えば……』そう口走った彼の本意を知る。

「私生児であることがおおやけになったら、皇太子どころか王族の身分もなくなる。国からも追い出されかねない。結婚が成立していたら、おまえまで巻き込むだろう？」

結婚を成立させまいとした一番の理由は、そこにあった。

彼がフランシーヌのおかれた立場など考えなければ、ただ『こんな地味な王女と結婚したくない』と言えば済んだこと。いざと言うときは国を出る覚悟すらしていたのだから、駄々をこねて皇太子の役目を放り出せばよかったのだ。

だが、王位継承権を持つローランド王子は、既婚者の上に保守的な人物だった。王女との結婚がなければ、アップルトン王国が得るものは少ない。そうなれば、ローランド王子なら同盟に二の足を踏む可能性が大きいと言う。

フランシーヌは胸の奥がざわめき、狂おしいほどサイラスの味方になりたいと思った。

「そして、やっと自分の正体がわかったんだ。私は――」

「やめて、言わないで！」

ふいに両手で彼の口を塞いでしまう。

自分の行動にフランシーヌ自身が驚きつつ、彼女は慌てて手を離したあと、サイラスの首に抱きついていた。

「ち、違うのです……わたくしは……」

「おまえは、なんだ？　何が違うんだ？」

からかうでもなく、妙に穏やかなサイラスの声が聞こえてくる。

フランシーヌは深呼吸したあと、ひと息に思いを伝えた。

「あなたが私生児であっても、父親が罪人であってもかまいません。身分も、称号も、何もいらないのです。司祭様が偽者で、結婚式が偽りであったとしても……あ、あなたに、望まれるなら、何度でも婚前交渉の罪を犯します。わたくしは、サイラス殿下のことを愛していますから、だから……」

「私も、おまえのことを愛してる。心から、愛してるよ。大好きだ、フランシーヌ」

なんという不意打ちだろう。

ずっとサイラスに言ってほしくて、でも一度も言ってもらえず、諦めていた愛の言葉。

フランシーヌにその言葉をくれたのはコンスタンだけで……それは、偽りの愛だった。

その一方で、サイラスのことを愛する女性は大勢いる。彼女たちのほとんどがフランシーヌより美しく、才能に溢れていた。

「フランシーヌ……ひょっとして、私の思いは伝わってなかったのか？」

彼の顔をみつめたまま、フランシーヌはゆっくりとうなずいた。

「ああ、クソッ！　なんてことだ――」

サイラスは目元を押さえながら、嘆息する。

「すまない。今まで、挨拶代わりの〝愛してる〟は何度となく口にしてきた。でも、前後不覚になって窓を突き破るくらいの〝愛してる〟は、初めての経験なんだ。だから……頼むよ、フランシーヌ。このまま、私の妻でいると言ってくれ」

かすかに震える指先で、サイラスは彼女の頬に触れた。

それは、なんて心地よい温もりなのだろう。

「……はい……」

フランシーヌは消えそうなほど小さな声で、でもしっかりと返事をする。

とたんにサイラスの顔に満面の笑みが浮かび、彼は大げさなくらいに何度も息を吐き、そして声を立てて笑った。

そんな彼をみつめるうち、吸い寄せられるようにふたりは唇を重ねたのだった。


優しく啄んだあとは強く押し当て、それを何度も繰り返していく。お互いの唇を余すところなく舐め合い、求め合って、ようやく唇は離れた。

と、同時に、彼の手が結い上げた髪に伸び——栗色の髪が肩いっぱいに広がる。

「こうしたかった。柔らかくて、女らしくて、触り心地のいい髪だ。この髪の香りを嗅ぐだけで、私の中の野生が目覚めそうになる」

サイラスは意味深なことをささやきながら、彼女の髪に口づけた。

「殿下にほどいていただきたくて、毎日、結んでおりました」

胸がポカポカと温かい。そんな温もりに包まれ、フランシーヌははにかみながら言葉を返した。

「嬉しいね。それじゃ、ここも私の帰りを待っていてくれたんだろうか?」

ピンクのモスリンドレスの襟を押し広げ、サイラスは胸の谷間に顔を埋めてくる。

「あっ……んっ!」

膝立ちだったフランシーヌはほんの少しよろけたが、彼が腰を抱いて支えてくれた。

だが、襟はそのまま口で挟んで器用に押し下げていく。先端の尖りが見えるか見えないかの位置で止め、薄いモスリン地の上から指先で尖りを愛撫し始めた。

ゆるり、ゆるりと押し回し、彼女が焦れるのを待っているかのようだ。

「たった二日、離れていただけで、こんな思いをするようになるとは。我ながら、信じられない」

フランシーヌのたわわな胸に頬ずりしながら呟き、吸い痕を残していく。

彼女自身も同じ気持ちだ。初めて会った婚約発表の夜、目を細めて見上げた太陽が、今は彼女の腕の中にいる。

(『地味な雀』とおっしゃった同じ口で、『愛してる』なんて! そんなふうに言っていただける日が来るなんて、夢のようだわ)

彼は甘えるようにフランシーヌの胸に唇を押し当ててくる。まるで、初めての恋に溺れる少年のようだ。そんなサイラスが見られるだけで、自然と微笑んでしまう。

思わず、フフッと声にして笑ってしまったとき、サイラスが彼女を見上げた。

「これはこれは、ずいぶんと余裕だな」

「あ……えっと、殿下に愛の言葉をいただけたのが、とても嬉しくて……思い出すだけで、頬が緩んでしまって」

頬を染めてそう答えると、サイラスも一瞬、照れたように笑った。

だが、すぐに咳払いして、

「それは光栄だ。だが、愛し合う〝行為〟より〝言葉〟に心が奪われるなんて、私の性技が未熟なんだろうな。これはもっと、本気で取り組まないと」

彼は片笑みを浮かべたあと、ドレスの裾から手を滑り込ませた。

今、フランシーヌが穿いているドロワーズは、丸みを帯びた臀部をすっかり包み込むタイプだ。だが、サイラスは戸惑うことなく、腰にある結び目をスルリとほどいた。

ウエスト辺りが楽になり、ドロワーズはストンと膝まで落ちる。

「きゃっ……!?」

びっくりして下ろそうとした腰を、サイラスが片方の手で押さえた。

「ダメだ。そのまま膝を離してごらん。そう、肩幅くらい開くんだ」

フランシーヌはおずおずと従う。

ゆっくりと膝をずらし、左右に動かしていく。

すると、無防備になった脚の間に、お尻の丸みを這うようにしてサイラスの指が入り込んできた。

彼の指は栗色の茂みを梳くように撫でたあと、蜜窟を探り当て挿入してくる。

「ぁああ……殿下、サイラス、殿下……んっ、んっ、んんーっ」

長い指が奥まで届き、グリグリと回される。

脚を閉じそうになるが、それは許してもらえず……。むしろ彼女の手を取って、サイラスの腰の辺りへと導かれた。

「そろそろ前が窮屈になってきた。ズボン吊り《ブレイシーズ》の外し方は教えたね？　トラウザーズの前を寛がせて、取り出してくれ」

サイラスにもたれかかったまま、彼女は釦に手を伸ばした。

ズボン吊りには前だけで四個の釦がある。それをすっかり外したとき、トラウザーズはほんのわずかな力で下にずれ、サイラスの昂りが露わになった。

雄々しく、真上を向いてそそり勃っている。

フランシーヌの白く華奢な指先がそっとくすぐるように触れると、先端からトロリとした透明な液体が溢れ出した。

「く……っ！　フランシーヌ、私から降参させる気か？」

「そ、そういうつもりでは」

「悪戯っ子にはおしおきをするぞ」

「え？　あ……やっ、やぁんっ」

膣内に蠢《うごめ》く一本の指、それが急に二本に変わった。

まだまだ充分にほぐれたとは言えない狭隘な蜜道を、二本の指が反発し合うように暴れ回っている。

「あ、あっ……あっ、待って、くださ……い。も、う……そんな、こと」

「離れていて寂しかったのは、どうやら同じらしいな」

フッと笑うと、サイラスはその場に腰を下ろした。

押し込んだ指を抜き、濡れた指先をペロリと舐める。そして、ドレスの下に腰を滑り込ませていく。

「欲しくないか、フランシーヌ。心も躰も、愛し合いたいと思わないか？」

「欲しい……です。わたくしに、ください……あなたの躰だけじゃなくて、心も……すべて、ください」

フランシーヌは腰を落としながら、ゆっくりと抱きしめられた。そして中腰になったとき、灼熱の欲棒が彼女の膣内《なか》に潜り込んだ。

「はぁうっ！」

二日ぶりの熱が、フランシーヌの躰を蕩けさせる。

あまりに気持ちよくて、言葉にできないくらい幸せだ。彼から与えてもらう悦びだけでは我慢できず、腰を揺すりながら、奥へ奥へと呑み込んでいく。

「フラン……シーヌ、これじゃおしおきにならない」

「す、すみません。わたくし、サイラス殿下と……夫婦のことを、するのが……だ、大好きに……なって、しまいました」

(わたくしったら、なんてはしたないことを……)

そう思いながらも、至近距離で彼の視線を受けることが嬉しくてならない。

「ああ、私も大好きな行為だ」

間近でそんな言葉をささやかれ、頬が焼けるように熱くなる。

頭の中が真っ白になりかけたが、フランシーヌにはどうしても伝えておきたいことがあった。

「も、もし、アップルトン王国を……出て行く日がくるとしたら、わたくしも一緒にお連れください！」

「……」

さすがのサイラスも驚いて絶句してしまった。

だが、彼の妻となった以上、万にひとつもサイラスが称号を失えば、フランシーヌもすべてを失う。そうなれば、母国や弟のためにできることは何もない。

「どうか、どうか、わたくしの願いを……あっ！　あ、待って……ぃや、ぁん、んんっ……ぁあああーっ」

さらに縋ろうとしたとき、サイラスがグッと腰を突き上げてきた。

そのままダンスを踊るように、リズミカルに彼女の奥を突いてくる。蜜襞がこすれ、痺《しび》れるような快感がフランシーヌの全身に走った。

「王女の称号を失っても？　二度と弟に会えなくなっても？　それでも、おまえは私と行くのか？」

フランシーヌは夢中になって彼に応えながら、ただ「はい」と返事した。

「……まったく、おまえは」

サイラスは困ったように呟きながら、それでも強く抱きしめてくれた。

向かい合って彼を奥深くまで受け入れながら、ふたりは唇を重ねる。しだいに優しいキスだけでは足りないとばかり、彼はより深いキスを求めてきた。

「ほら、もっと舌を出せ。今さら恥ずかしいことなどないだろう？　どこよりも恥ずかしい場所に、私を咥え込んでいるくせに」

そんなふうに言われたら、フランシーヌには逆らえない。伸ばした舌先にサイラスの舌がチョンと触れ――。

刹那、口を覆われ、舌を搦めて強く吸い上げられた。

「んんっ……んっふ……」

ふたりの唇が離れ、サイラスの手が背中に回される。

それは、大切なものを腕の中に包み込むような優しい抱擁《ほうよう》。同じように、フランシーヌも彼の背中に手を回した。

「愛してる、フランシーヌ。私の人生で、おまえは最高の宝物だ」

「わた……く、しも……あっ！　やっ、あ、あ……愛して……ああっ！　ダメェ……もう、もう……」

ふいに突き上げが激しくなった。

ズッチュ……ズッチュと、ドレスの下から羞恥の音がひっきりなしに聞こえ始める。熱い塊がいっそう硬く感じ、膣壁が擦り切れるくらいの荒々しい抽送が続き――。

次の瞬間、サイラスの猛りが天井を穿つようにして、動きを止めた。ドクンと震え、熱い飛沫を最奥《さいおう》に噴き上げる。

フランシーヌの躰は彼から与えられるすべてを、愉悦とともに受け入れていた。


床の上で座ったまま抱かれたあと、そのまま床に押し倒された。二度目の放出を受け止め、今度は床に四つん這いにされて、後ろから激しく挿入されたのだった。

フランシーヌは自分で身体を起こすこともできない。

床の上に座り込んでいるサイラスに抱かれ、彼にもたれかかってぐったりとしていた。

「さて、我が妃は満足してくれたかな？」

彼女の長い髪を指先で弄びながら、サイラスは実に愉快そうだ。

「は、い。でも、腰に力が……入りません」

ポッと頬をピンク色に染め、フランシーヌは返事をする。

「夫婦のことが大好きになったんだろう？　おまえの期待に応えてやったんだぞ。嬉しくないのか？」

「それは、大好きなのですけれど……」

「こんなには望んでない、か？　では、もう少し控えるとしよう」

そんなふうに言われたら、惜しくなるのはどうしてだろう。

「あ、あの……とっても、嬉しいです。だから……控えるなんて、なさらないでください」

床の上に押し倒されたときは、少し、いや、かなり背中が痛かった。

そのことは伝えてもいいのだろうか？

あと、後ろから抱かれるのは怖い。強く抱きしめられ、キスされながら彼を受け止めるときが、一番幸せを感じる瞬間だった。

ひとつずつ挙げていけば小さな不満はあるものの、サイラスとひとつになったとき、彼女は至福の喜びに包まれる。

それを思い出しながら、フランシーヌは甘えるような声を出した。

「サイラス殿下。わたくしのお願い……聞いてくださいますか？」

「なんだ。言ってみろ」

「〝愛してる〟と、もう一度聞かせていただきたいのです」

愛する人から告げられる愛の言葉。

この世の中に、これ以上の美しい言葉はない。

フランシーヌがわくわくした気持ちで彼を見上げていると、サイラスは苦笑いを浮かべながら口を開いた。

「フランシーヌ、おまえだけを愛してる」

「わたくしも、愛しております！」

彼はいつの間にシャツを脱いでしまったのだろう？

愛し合うことに夢中で全く覚えがない。だが今は、この胸に抱きついていられるだけで幸せだった。

サイラスの裸の胸にピトッと頬を押し当て、彼女は微笑みを浮かべる。

そのとき、何ごとか思い出したようなサイラスの声がした。

「おまえにはまだ話してなかったな。フランシーヌ、近いうちにキリル帝国を訪問することになった。皇太子妃としておまえも招かれている」

「キリル帝国、ですか？」

幼いころ、このアップルトン王国が最北の国だと信じさせられていた。だが実際には、もっと北の寒い地域にいくつかの国があるという。

その中で、一番大きな国がキリル帝国だった。

リュクレース王国とはほとんど国交がなかったこともあり、フランシーヌはどんな国なのかさっぱりわからない。

「我が国とは同盟を結んで約三十年、友好的な関係を築いている。大使も派遣していて、皇帝が我が国を訪れたこともある。私は小さくてよく覚えていないが」

「では、国賓《こくひん》として公式訪問なのですね……あの、ひとつお聞きしていいでしょうか？」

「出生の件はどうなった、という話か？」

質問に質問で返され、フランシーヌは大きくうなずいた。

サイラスは私生児の可能性が濃厚で、その場合、祖母であるマーガレット女王の後継者にはなれないはずなのだ。

(でも、女王陛下がそのことに気づいておられないはずがないし……ということは、どうなるのかしら？)

「だから、キリル帝国を訪れるんだ」

「……？」

情報が少な過ぎて、フランシーヌにはさっぱりわからない。

彼女がサイラスを見上げてきょとんとしていると、笑いながら付け足してくれた。

アリス王女がキリル帝国に向かった理由、それは彼女が『皇帝の第一皇子の妻に』と望まれたからだった。

しかし一行はキリル帝国へ向かう途中で襲われ、第一皇子は命を落とした。

「その第一皇子が私の父だ。死の間際に結婚したらしいが、第一皇子の息子が生きているとなると……」

それは、とてつもなく厄介なことになるだろう。

しかもその子供の母親が異国の王女となれば……混乱は国内にとどまらず、下手をすれば戦争になる。

だから、アリス王女が輿入れの目的でキリル帝国に向かったことも秘されていたと言う。

「両国が同盟を結んだのも、ちょうどそのころ。私をアップルトンの次期国王とすることで、女王と皇帝は手を打つことにしたんだそうだ」

「――ということは、何がどうあっても、サイラス殿下を廃嫡にはできないのではありませんか？」

フランシーヌはホッとしたが、サイラス自身は複雑そうな表情だ。

「女王陛下も、そのことを一緒にお聞かせくだされればよかったのに……あの、他にも何かご不満ですか？」

「いや。だが、気づいたんだ。私は必死で自分が王にふさわしくない理由を探していただけだ、と。そうじゃないと教えてくれたのは、おまえだ」

『有能な人間を認めることができれば、サイラス殿下の力は無限に広がります！』

サイラスの屈託のない笑顔に、フランシーヌも笑顔になる。

「その前に、アレクサンドルの戴冠式だな」

「覚えていてくださったのですね！」

嬉しくてふたたび彼に抱きつき、頰に降るようなキスをした。

すると、フランシーヌの胎内で身に覚えのある熱が漲《みなぎ》り始める。

「サ、サイラス、殿下？　あの、まだ……わたくしの、中に……？」

「控えるなと言っただろう？　愛してるよ、フランシーヌ」

その不敵な笑みはフランシーヌの困惑を一蹴し、さらなる情熱へと駆り立てたのだった――。

公爵夫人の幸福な悩み

イーデン市内のクレイ公爵邸に一台の馬車が滑り込む。

降りてきたのはこの屋敷の当主、エドワード・サイラス・アッシュベリー。彼は弱冠《じゃっかん》二十七歳にして摂政皇太子の片腕と呼ばれ、アップルトン王国の外交を一手に担っていた。

厳格で隙のないクレイ公爵――年配の貴族からも一目を置かれる彼が、エントランスの扉の前に佇《たたず》み、大きく息を吐く。

エドワードは五ヶ月前に結婚したばかりだ。扉を開ければ新妻のヴィクトリアが、『お帰りなさぁい！』と満面の笑みを浮かべて抱きついてくるのが入る前からわかっている。

もっとレディらしく。公爵夫人としての威厳を持つように。そんな言葉で注意するのだが、一向にあらたまらない。公爵邸に住むようになれば、少しずつレディとしての態度も覚えていくだろう、と楽観していたが……。逆に、使用人たちのほうがヴィクトリアに感化され、日に日に砕けた雰囲気が漂い始めているような気がする。

(まあ、それはともかく。今日はちょっと厄介かもしれんな)

今日の閣僚会議で、とうとう皇太子の結婚が決まった。相手は十二年来の婚約者、リュクレース王国の第一王女だ。

リュクレース王国は革命から一年が経ち、ようやく落ちつきを取り戻しつつある。アップルトン王国としては様子見をしていたが、ついに女王の決断で同盟を結ぶことが決まった。

皇太子自身が花嫁を迎えに行き、向こうで結婚式を挙げて帰ってくる。

それだけのことだが、当然のようにアップルトン王国との同盟をよく思わない一派もいる。革命政府と同盟締結に向けて対等に渡り合い、いざと言うときには皇太子を守り、そして皇太子妃となった王女を伴って帰国しなければならない。

その責任者にエドワードは指名された。問題さえ起こらなければ、一週間程度で帰国できる。長くなっても二週間――だが、問題はヴィクトリアだった。

まさかこの時期に皇太子の結婚が決まるとは思わない。つい先日、デ・アンダ国の戦後処理を終えて、ヴィクトリアの兄、アーサーも帰国した。他に、国内には急を要することもなく、いろいろ考えた結果、エドワードは妻と約束したのだ。

『アーサーが職務に戻りしだい、私は長期休暇を取ろうと思う。君を連れてマーセット州の保養地に行く。そこでのんびり、ふたりきりで過ごそう』

公爵夫人らしく、と押しつけるだけでは、いつかヴィクトリアの気持ちはエドワードから離れてしまう。レディとしての態度は身につけて欲しいが、天真爛漫なヴィクトリアのよさを消して欲しいと言っているわけではなかった。

(夫として点数を稼ぐつもりが、まずいことになった)

エドワードは覚悟を決め、扉を開けた。

するると、邸内がやけにしんとしている。飛び出してくるはずのヴィクトリアが姿も見せないとは、どういうことだろう？

「あ……お帰りなさいませ、旦那様。出迎えが遅れてしまい、申し訳……」

家令のセドリックが飛んできて頭を下げる。

「そんなことはいい。ヴィクトリアに何かあったのか？」

「ええ、それが……その……わたくしから申し上げますのも……なんと言いますか……」

有能なセドリックらしくなく、まったく要領を得ない。

「もういい！　ヴィクトリアはどこだ!?」

「主寝室におられます」

エドワードは帽子を放り投げると、手袋も取らないまま階段を駆け上がった。


主寝室はシャンデリアの蝋燭《ろうそく》に火が点《とも》され、明々としていた。そんな中、ベッドの中央で毛布をかぶり小刻みに震える影がひとつ。

手袋を外し、コートを脱ぎながらエドワードは大股で部屋を横切る。

「ただいま、私のヴィッキー。今日は抱きついて出迎えてはくれないのかい？」

ベッドの上に座り、ヴィクトリアの傍ににじり寄った。

「君を悲しませているのが私なら、とにかく謝ろう。他の誰かなら、二度とそんなことがないよう私が解決する。まずは、聞かせてくれないか？」

そう言って覗き込んだ顔は、涙に濡れていた。

「どうした!?　いったい、誰が君を泣かせている？　さあ、私にすべて話してみなさい」

涙の跡を拭いながら、エドワードはヴィクトリアの頰に口づける。

すると、しゃくり上げながら彼女は口を開いた。

「アーサー……お兄様が、ね……エド、ワ……ドはリュクレ……スに、行くって……あちらの、宮廷では……こ、高級《クルティ》……娼婦《ザンヌ》の接待……を受けるんだ……て、言って……」

そう言えば、閣議が終わった直後、王宮でアーサーの姿を目にした気がする。まさか、先にヴィクトリアに話してしまうとは。

（アーサーめ。愛する妹を奪われた腹いせだろうが、このままでは済ませんぞ！）

アーサーはヴィクトリアに――いかにリュクレース王国の高級娼婦が美しく、頭もよいか説明したらしい。そしてどれほどの堅物でも、彼女らの接待を受けたら確実に落ちてしまうだろう、と。身分の低い妻では不満も聞いてもらえず、夫の気持ちしだいで、妻はクレイ・コートに押し込まれる羽目になる。前公爵夫人――彼の母親のように。

「わたし……マーセット州にも、行けなくなったし……もう、書斎には入れてもらえないのよ」

「すまない、ヴィッキー。たしかに、マーセット州には行けなくなった。だが、そんな接待を受けるつもりはないし、私が鍵をかけて書斎に籠《こ》もる相手は、永遠に君だけだ」

「エドワード……」

彼の名前を口にするなり、ヴィクトリアは抱きついてきた。

「本当に？　妻としての役割が果たせなくなっても、嫌いになったりしない？」

「なるものか。たった数週間のことではないか」

ヴィクトリアの大げさな言葉にエドワードは苦笑する。ところが、腕の中で彼女はとんでもないことを言い始めた。

「ううん。ジャネットが来年の夏まではダメでしょうって」

一瞬、頭の中が真っ白になる。

だが、すぐにひとつのことに思い当たった。

「ヴィッキー、それは……ダメな理由を、私はまだ聞いていないと思うのだが……」

「え？　あ、そうだわ。隣に行ってるときにジャネットに言われて、お医者様に来ていただいて……そうしたら、アーサーが……世間の夫は絶対に浮気をするものだって、言い始めて」

エドワードは急かしたくなる気持ちを必死で抑える。

その直後、ヴィクトリアの頬が薔薇色に染まった。

「えっとね……エドワードの赤ちゃんができたの！」

彼女の告白を聞いた瞬間、エドワードの頭の中にも薔薇が咲き乱れた。

「でも、後継ぎの男の子かどうかは、生まれてみないとわからないんですって。エドワードは女の子だったら、がっかりする？」

「何を馬鹿な……娘なら私の宝だ。君と同じように、この私が一生守ってみせる！　ああ、素晴らしい。最高だよ、ヴィッキー！　私はなんて幸せな男なんだ!!」

エドワードの言葉に、つい先ほどまで泣いていたヴィクトリアが、クスクスと笑い始める。

「もう、エドワードったら、十何年かでお嫁にやるんだから一生は無理よ」

「いーや、誰が嫁にやるものか！　そうだ、やはりマーセット州に行こう！」

「でも、ひとりで行っても……」

「身重の君をひとりにできるものか。私は不誠実な男ではないが、それでもリュクレースに行かせるのは心配だろう？　一緒にいたほうが、君も安心できる」

エドワードはそう言うと、軽くヴィクトリアの唇にキスをした。

「それは……でも、女王陛下のご命令ではないの？　わたし、公爵夫人になったのだもの。エドワードの足を引っ張りたくないわ」

いじらしいことを口にするヴィクトリアが、エドワードはいっそう愛しくなる。

「大丈夫だ。クレイ公爵にできないことはない」

妻を抱き締め、力強く宣言するエドワードだった。

翌日、皇太子のリュクレース王国行き随行者の顔ぶれが発表された。その中にエドワードの名前はなく、代わりにデ・アンダ国から戻ったばかりのアーサーの名前があった。
『休暇もなし、とは。アーサーは皇太子殿下の御不興でも買ったのか？』
しばらくの間、イーデン社交界にはそんな噂が流れたのである——。

あとがき

はじめまして&こんにちは、御堂志生《みどうしき》です。

ついこの間、ロイヤルキス文庫さんの創刊に書かせて頂いたんだよなぁと思い、指折り数えてみると……なんと一年八ヶ月も前のこと!?

もうそんなになるんですねぇ……。その時の「公爵さまと蜜愛レッスン」でちょこっと出ていたのが、本作のヒーロー、放蕩王子サイラスです(笑)

スピンオフというと、読者様はフィリップ&クラリッサのカップルを想像されてたんじゃないかなぁ～と。そっちも考えてたんですが、前作を書いてるうちにこのサイラスがやけに気に入ってしまい、とうとうヒーローまで格上げになりました。

でも執筆中は何度「本当にコイツが国王になって大丈夫か?」と思ったことか(苦笑)

その分、フランシーヌがしっかりしてるから、と思ってたら、サイラスの毒(?)にあてられたみたいに、どんどんヤバくなっていくんで困りました。

あと、前回登場した股割れドロワーズ!! 今回も登場してます。というか、「公爵さま～」で気に入ってしまい、この時代のエッチには必須アイテムと化しています!

それから、カバー裏のコメントでちょっと触れたんですが、キャラクターの名前……好みで選んじゃいますねぇ。アップルトンは英国、リュクレースはフランス……といった感じなので、各国のネーミング辞典からイメージに合う名前をチョイス。これに都市や宮殿名、周辺諸国のバルツァー帝国（ドイツ）やデ・アンダ王国（スペイン）等々も。後から、「コレってどこかで使ったかもしれない」と思い、慌てて変えることもあります。

もういいかな?と思うので、ここでネタバレをひとつ。サイラスとエドワードのミドルネームが同じというヤツ、女王陛下から名前を頂いたというのは……実は後付けです（汗）うっかり同じ名前をつけてしまって、SSで（後付け）理由を書いたら、担当様に「まだ間に合うので本編にも入れておきましょう」と言われて慌てて加筆しました。

皆様、ホントーにすみませんっ!!（平伏）

イラストは今回も大好きな辰巳仁《たつみじん》先生に描いて頂きました。最近は他社さんでもお世話になっております。挿絵にはエドワードも描いていただきました。嬉しかったぁ〜。

先生どうもありがとうございまーす！

楽しみに待っていて下さった読者の皆様（い、いるよね?）、お待たせしました。次回はこんなには待たせないよう頑張りますので、どうか見捨てないでやって下さい。

ネットを通じて知り合ったお友だち、ギリギリのところまでお付き合い下さった担当様と関係者の皆様、変わらず応援してくれる家族に、本当にいつもありがとうございます。

そしてこの本を手に取ってくださった〝あなた〟に、心からの感謝を込めて。

またどこかでお目に掛かれますように——。

御堂志生

ロイヤルキス文庫をお買い上げいただきありがとうございます。
先生方へのファンレター、ご感想は
ロイヤルキス文庫編集部へお送りください。

〒102-0073　東京都千代田区九段北1-5-9-3F
(株)ジュリアンパブリッシング　ロイヤルキス文庫編集部
「御堂志生先生」係　／　「辰巳 仁先生」係

✦ロイヤルキス文庫HP✦ http://www.julian-pb.com/royalkiss/

Royal Kiss Label

皇太子さまと蜜愛花嫁
～無垢なレディのマリアージュ～

2015年7月30日　初版発行

著　者　御堂志生

発行人　小池政弘

発行所　株式会社ジュリアンパブリッシング
〒102-0073　東京都千代田区九段北1-5-9-3F
TEL　03-3261-2735
FAX　03-3261-2736

印刷所　中央精版印刷株式会社

ISBN978-4-86457-223-1　Printed in JAPAN